KB188036

이솝 우화

클래식 보물창고 20

이솝 우화

펴낸날 초판 1쇄 2013년 2월 15일
지은이 이솝 | **그린이** 아서 래컴 | **옮긴이** 민예령
펴낸이 신형건 | **펴낸곳** (주)푸른책들 | **등록** 제321-2008-00155호
주소 서울특별시 서초구 양재천로7길 16 푸르니빌딩(양재동 115-6) (우)137-891
전화 02-581-0334~5 | **팩스** 02-582-0648
이메일 prooni@prooni.com | **홈페이지** www.prooni.com

ISBN 978-89-6170-306-2 04840
* 잘못된 책은 구입한 곳에서 바꾸어 드립니다.

이 도서의 국립중앙도서관 출판시도서목록(CIP)은 e-CIP홈페이지(http://www.nl.go.kr/ecip)와
국가자료공동목록시스템(http://www.nl.go.kr/kolisnet)에서 이용하실 수 있습니다.
(CIP제어번호:CIP2012006179)

보물창고는 (주)푸른책들의 유아, 어린이, 청소년, 문학 도서 임프린트입니다.

Aesop's Fables

이솝 우화

이솝 글 | 아서 래컴 그림 | 민예령 옮김

보물창고

1

여우와 포도

굶주린 여우 한 마리가 포도송이가 주렁주렁 매달린 포도나무를 발견했다.

여우는 열심히 뛰어올라 포도송이를 따려 했지만 그것은 너무 높이 매달려 있었다. 여우는 결국 포도 따기를 포기했다. 그러고는 곧 아무 일 없었다는 듯 도도한 표정으로 발걸음을 돌리며 이렇게 중얼거렸다.

“나는 익은 포도인 줄 알고 왔던 거야. 그런데 아직 신 포도네, 뭐.”

2
개와 암퇘지

어느 날 개와 암퇘지가 서로 자신들의 새끼가 더 낫다고 싸웠다. 암퇘지가 결정적인 한마디를 했다.

"이봐, 내 자식은 이 세상의 그 어떤 동물보다 더 빨리 앞을 볼 수 있어. 하지만 네 새끼는 태어날 때 장님이잖아."

3
숯꾼과 직공

옛날에 혼자 숯을 구우며 살아가는 숯꾼이 있었다. 어느 날 직공 한 사람이 이사 와 이웃에 살게 되었다. 차츰 서로 알아 가던 와중에 숯꾼은 직공이 꽤 괜찮은 사람이라는 것을 확신하게 되었고, 자신의 집에 와서 함께 살 것을 제안했다.

"그러면 서로 더 잘 알게 될 거요. 생활비도 많이 절약될 것 아니겠소?"

직공은 대답했다.

"형님, 감사하긴 하지만 그건 절대로 안 될 말입니다. 내가 고생하여 하얗게 뽑아 놓은 천이 숯으로 금세 새까매질 테니까요."

4
나귀와 개

나귀와 개가 함께 여행을 하고 있었다. 그들은 길을 가다가 땅에 떨어져 있는 묶음 하나를 발견했는데 꽁꽁 봉인되어 있었다. 나귀가 그것을 집어 묶은 부분을 찢고 그 안에 든 서류를 꺼냈다. 나귀가 개에게 서류에 적힌 글을 큰 소리로 읽어 주었는데 그것은 풀, 보리, 건초 등 나귀가 좋아하는 모든 종류의 먹거리에 대한 내용이었다. 개는 이 내용을 듣다가 너무 지루해진 나머지 이렇게 소리쳤다.

"친구, 몇 페이지는 그냥 건너뛰어. 고기나 뼈에 대한 글이 있나 좀 찾아봐."

나귀가 서류를 전부 훑어보았지만 개가 원하는 내용을 발견하지 못했다. 그랬더니 개는 기분이 나빠져 이렇게 말했다.

"아, 그래? 그럼 그냥 버려. 그런 걸 봐서 대체 무슨 소용이지?"

5
아테네 사람과 테베 사람

아테네 사람과 테베 사람이 함께 길을 가고 있었다. 여행자가 늘 그렇듯 그들도 다양한 주제로 대화와 토론을 주고받았고 어느새 영웅에 대한 이야기를 시작했다. 사실 이 주제는 교훈적이기보다 많은 상상력을 이끌어 내는 것이었다.

두 사람은 자신들의 도시가 배출한 영웅을 찬양하기 시작했다. 테베 사람은 헤라클레스가 지상에 살았던 가장 위대한 영웅이며 지금도 신들 중에서 가장 위에 있다고 주장했다.

아테네 사람은 테세우스가 훨씬 위에 있다고 주장했다. 테세우스가 여러 면에서 최고의 축복을 받은 반면에 헤라클레스는 한때지만 하인 생활까지 했었다고 주장했다.

이렇게 되자 아테네 사람이 유리해졌다. 게다가 원래 아테네 사람들은 말을 잘하는 편이었기 때문에 테베 사람은 더 이상 반론을 제기하지 못하고 화를 내며 이렇게 말했다.

"됐어요, 마음대로 생각하시죠. 다만 영웅들이 우리의 이런 대화 때문에 분노하실까 봐 걱정입니다. 아테네 사람들은 헤라클레스의 분노로 인해 고난을 당할 것이고 테베 사람들은 테세우스의 분노로 고난을 당할 것 같군요."

6
생쥐와 개구리와 솔개

생쥐와 개구리가 친구가 되기로 했다. 그러나 그들은 썩 잘 어울리는 친구가 아니었다. 생쥐는 항상 땅 위에서 살았지만 개구리는 땅과 물 어디에서든 편하게 생활했기 때문이다. 그들은 서로 헤어지지 않기 위해 서로의 다리를 실로 묶었다. 그들이 땅 위에서 생활하는 동안에는 아무 문제가 없었다.

하지만 개구리가 생쥐를 데리고 연못에 뛰어들었고 개굴개굴 울며 신이 나서 헤엄치기 시작했다. 불쌍한 생쥐는 곧 익사했고 개구리를 따라 수면 위로 떠올랐다. 죽은 생쥐는 솔개에게 발각되었고 솔개는 생쥐의 시체를 낚아챘다. 미처 생쥐와 묶은 실을 풀 수 없었던 개구리도 함께 딸려 갔다. 결국 솔개가 생쥐와 개구리를 모두 잡아먹었다.

7
수탉과 보석

먹을 것을 찾기 위해 땅을 파헤치던 수탉이 우연히 보석 하나를 발견하고 이렇게 말했다.

"오! 너는 좋은 것이 분명해. 나의 주인이 너를 발견했다면 몹시 기뻐했을 텐데 말이지! 하지만 난 이 세상의 보석 전부보다 한 톨의 곡식이 필요하거든!"

8
황금알을 낳는 거위

한 부부가 매일 황금알을 낳는 거위를 한 마리 기르고 있었다. 하지만 그들은 더욱 빨리 부자가 되고 싶은 욕심이 생겼다. 부부는 이 거위의 뱃속에 금이 들어 있기 때문에 황금알을 낳는 것이라고 생각했다. 그래서 그 금을 한꺼번에 꺼내기 위해 거위의 배를 가르고 말았다. 하지만 거위의 뱃속은 다른 거위의 뱃속과 다를 바 없었고 부부는 일확천금을 얻기는커녕 매일 얻을 수 있었던 황금알마저 얻지 못하게 되었다.

*더 많은 것을 얻으려고 하다 모두 잃을 수 있음을 기억해야 한다.

9

고양이와 생쥐들

한 고양이가 생쥐로 득실거리는 집을 발견하고는 이렇게 생각했다.

'저 집은 바로 날 위한 집이군.'

고양이는 집 안으로 들어가 생쥐를 한 마리씩 잡아먹기 시작했다. 위협을 느낀 살아남은 쥐들은 쥐구멍 안에서 나가지 않기로 했다.

"이상하네."

고양이가 중얼거렸다. 고양이는 하는 수 없이 '내가 꾀를 써서 쥐들을 밖으로 나오게 만들어야겠어.'라고 생각했다. 한참을 고민한 끝에 벽 위로 올라가 말뚝 위에 자리를 잡고 다리를 떨어뜨리며 죽은 척했다. 그렇게 매달려 있는 고양이를 보고 생쥐들이 이렇게 말했다.

"아하, 당신은 참으로 영리하군요! 하지만 그렇게 죽어 매달린 척을 해도 우리는 당신 근처에는 두 번 다시 가지 않아요!"

***현명한 사람은 나쁜 짓을 한 사람이 꾸며 놓은 계략에 속지 않는다.**

10

말썽꾸러기 개

먼저 건드리지 않았는데도 사람에게 달려들고 심지어 물기까지 하는 개가 있었다. 주인으로서는 자신의 집을 방문하는 손님들에게 여간 폐를 끼치는 것이 아니었다. 주인은 결국 이 개가 가까이 다가간다는 것을 손님들에게 알려 주기 위해 개의 목에 방울을 달았다. 녀석은 그것이 자랑스러운 나머지 의기양양하게 방울 소리를 내며 이리저리 돌아다녔다. 그런 녀석을 보고 늙은 개 한 마리가 다가와 이렇게 말했다.

"떼끼, 녀석아. 무얼 그리 자랑스러워 하는 게냐. 그 방울이 네가 잘나서 준 훈장이라도 되는 줄 아는 게냐? 그건 모욕의 배지니라."

*사람들은 종종 악명을 유명세로 착각한다.

11
생쥐들의 회의

옛날 옛날에 생쥐들이 모여 고양이의 공격으로부터 자신들을 지킬 수 있는 방법에 대한 회의를 하고 있었다. 제시된 몇 가지 방법에 대해 논쟁이 어느 정도 진행되고 있던 중 경험이 많은 생쥐 한 마리가 자리에서 일어나 이렇게 말했다.

"내게 좋은 생각이 떠올랐소. 여러분이 찬성하고 실천에 옮길 수만 있다면, 우리의 안전은 보장될 거요. 고양이에게 방울을 달면 우리는 그 방울 소리로 고양이가 접근해 오는 것을 알 수 있을 것이오."

이 획기적인 제안에 모든 쥐들이 대찬성했다. 쥐들은 이미 그렇게 하기로 결정한 것처럼 들떠 있었다. 그때 늙은 쥐 한 마리가 자리에서 일어나 이렇게 말했다.

"아주 훌륭한 생각임에 틀림없네. 그런데 대체 누가 그 고양이에게 방울을 달지 물어봐도 되겠나?"

12
말과 마부

옛날에 말의 털을 고르고 빗겨 주는데 아주 많은 공을 들이는 마부가 있었다. 그런데 그는 말먹이로 나오는 귀리를 매일 조금씩 훔쳐 다른 곳에 팔아 이익을 챙겼다. 말은 차츰 건강이 나빠졌다. 결국 참다못한 말이 마부에게 외쳤다.

"만약 제 털이 건강하고 윤기 났으면 하고 바란다면 빗질은 그만하고 먹을 거나 제대로 주시죠!"

13
농부와 독사

어느 겨울날 한 농부가 추위에 온몸이 얼고 감각을 잃은 독사 한 마리를 발견했다. 농부는 이 뱀이 불쌍하다는 생각이 들어 자신의 가슴팍에 품어 주었다. 따뜻한 온기에 다시 정신을 차린 독사는 치명적인 이빨을 은인에게 찔러 넣었다. 비참하게 죽게 된 농부는 자리에 누워 이렇게 말했다.

"이 모든 게 악한 짐승에게 동정을 베풀었던 내 탓이로다!"

*악에게 베푸는 친절은 헛되다.

14
군대와 방앗간 주인

전장으로 군인을 태워 보내던 말이 이제는 늙어서 전쟁터가 아닌 방앗간에서 일하기로 했다. 말은 더 이상 북소리에 맞춰 위풍당당하게 전장을 향해 달리지 못했다. 노예처럼 하루 종일 곡식을 갈아 가루로 만드는 일을 했다.

어느 날 말은 자신의 힘겨운 운명을 한탄하며 방앗간 주인에게 이렇게 말했다.

"아, 제 몸을 보십시오. 저도 한때 붉은 성장을 했고 나를 돌보는 것이 유일한 임무인 마부의 극진한 시중을 받는 멋진 군마였습니다. 지금의 전 그때에 비해 얼마나 비참해졌는지요. 전쟁터에 나가기를 포기하고 방앗간에 온 것이 후회됩니다."

"과거를 후회한들 무슨 소용이냐. 본래 운명은 많은 상승과 하강이 있는 법. 올라가면 올라가는 대로, 내려가면 내려가는 대로 흥망성쇠를 받아들여라."

방앗간 주인의 대답이었다.

15
나귀와 수탉과 사자

나귀와 수탉이 외양간에서 함께 지냈다. 얼마 후 며칠 굶은 사자가 찾아와서 나귀를 잡아먹으려고 들었다. 수탉은 자신의 몸을 최대한 늘리고 당당히 서서 날개를 힘차게 퍼덕이며 우렁찬 목소리로 울어 댔다. 사자가 세상에서 무서워하는 것이 딱 하나 있었는데 그것이 바로 수탉 울음소리였다.

사자는 수탉이 울기 시작하자마자 도망가 버렸다. 이것을 본 나귀는 몹시 우쭐해진 나머지 그 사자가 수탉을 이기지 못하면 자신을 찾아올 생각도 못할 것이라고 여겼다. 나귀는 사자를 쫓아 달려갔다. 하지만 수탉의 모습이 보이지 않고 울음소리도 들리지 않자 사자는 갑자기 몸을 돌려 나귀를 잡아먹었다.

*근거 없는 자신감은 대개 화를 부른다.

16
고양이와 새

고양이가 새들이 많이 아프다는 소식을 들었다. 그래서 의사로 분장을 하고 의료 기구를 들고 문 앞에 서서 새들에게 괜찮냐고 물었다. 새들은 고양이를 안으로 들이지 않고 이렇게 대답했다.

"당신만 만나지 않으면 괜찮을 거예요."

*악당은 위장할 수 있다. 하지만 현명한 자는 속지 않는다.

17
방탕아와 제비

재산을 모두 탕진하고 입고 있는 옷 한 벌만 남은 방탕아가 있었다. 이른 봄 어느 화창한 날, 그는 제비 한 마리를 보았고 여름이 다가오니 이제 외투가 필요 없을 것이라고 생각했다. 그는 외투를 적당한 가격에 팔아 버렸다. 하지만 화창했던 날씨는 온데간데없고 서리가 내리기 시작했다. 돌아보니 그 불행한 제비는 이미 얼어 죽어 있었다. 방탕아는 제비의 시체를 보며 이렇게 원망했다.

"한심한 제비 같으니라고! 너 때문에 이제 곧 나도 얼어 죽고 말 테지!"

*한 마리의 제비만 보고 여름이 왔다고 판단하지 마라.

18
박쥐와 족제비

어느 날 땅바닥에 떨어진 박쥐가 족제비에게 잡히고 말았다. 자신이 곧 잡아먹힐 것을 안 박쥐는 족제비에게 살려 달라고 빌었다. 하지만 족제비는 모든 새가 자신의 적이기 때문에 그럴 수 없다고 말했다. 그랬더니 박쥐가 이렇게 말했다.

"오, 하지만 저는 절대 새가 아니에요. 저는 쥐랍니다."

족제비는 그러냐며 박쥐를 놓아주었다.

얼마 후 박쥐는 다시 다른 족제비에게 잡히고 말았다. 이번에도 박쥐는 살려 달라고 빌었다. 이번 족제비는 이렇게 말했다.

"나는 쥐를 한 번도 놓아준 적이 없는데."

이 말을 들은 박쥐가 말했다.

"저는 쥐가 아니에요. 저는 새랍니다."

박쥐는 또다시 풀려났다.

*살아가면서 상황에 맞게 적응하고 대처한다면 자신을 보호할 수 있다.

19

늑대와 어린양

늑대 한 마리가 무리로부터 떨어져 나와 길을 헤매는 어린양을 보았다. 하지만 늑대는 그럴듯한 명분도 없이 약한 생명의 목숨을 빼앗는 것에 가책을 느낀 나머지 꾀를 내어 이렇게 말했다.

"야! 너, 작년에 날 골탕 먹인 적 있지!"

"그게 무슨 말씀이세요, 아저씨? 저는 작년에 태어나지도 않았는걸요?"

어린 양이 '음매애애.' 하고 울며 대답했다.

"그래? 맞다! 넌 내 풀밭의 풀을 먹었던 그 애구나!"

늑대가 다시 시도했다.

"말도 안 돼요. 전 아직 풀을 한 번도 먹어 본 적이 없는걸요?"

어린양이 대답했다.

"그럼 참, 넌 내 샘에서 물을 마셨었어!"

늑대가 다시 말했다.

"저는 엄마의 젓 말고는 아직 아무것도 마셔 본 게 없어요."

가엾은 양의 대답이었다.

"뭐라? 그렇다고 해도 어쨌든 나는 저녁밥을 먹어야겠어!"

늑대는 어린양에게 달려들어 그대로 잡아먹어 버렸다.

20
왕이 된 원숭이

모든 동물이 모여 회의를 하고 있었는데 원숭이 한 마리가 춤을 추며 동물들을 즐겁게 만들었다. 그래서 동물들은 그를 자신들의 왕으로 모시기로 했다. 하지만 여우는 원숭이가 갑자기 높은 신분이 된 것이 샘이 났다. 어느 날 고기가 붙어 있는 덫을 발견한 여우가 원숭이를 그쪽으로 유인한 후 이렇게 말했다.

"폐하, 제가 맛있는 음식을 발견했습니다. 폐하를 위해 건드리지 말아야겠다는 생각이 들어 건드리지도 않았지요. 제 충성을 받아 주시지요."

원숭이는 망설임 없이 고기에 달려들다가 덫에 걸렸다. 원숭이는 분노하여 자신을 이런 위험에 빠뜨린 여우를 꾸짖었다. 하지만 여우는 깔깔대고 웃으며 이렇게 말했다.

"원숭이야, 아직도 네가 동물의 왕이라고 생각하지? 넌 이런 작은 것에도 쉽게 속아 넘어갈 정도로 멍청한 원숭이에 불과해!"

21
제비와 까마귀

옛날에 제비가 까마귀에게 자신의 출생에 대해 자랑을 늘어놓았는데 내용은 이러했다.

"난 한때 공주였어. 아테네 왕의 딸이었지. 그런데 남편이 나를 학대했고 고작 작은 실수를 저지른 것 때문에 내 혀를 잘라버렸어. 헤라님께서는 내가 더 이상 학대 당하지 않게 나를 새로 변하도록 해 주신 거지."

그러자 까마귀가 이렇게 대꾸했다.

"지금도 넌 수다가 심해. 네가 혀를 잃지 않았더라면 어땠을지 상상도 못하겠다, 야."

22
새끼 염소와 늑대

새끼 염소 한 마리가 자신의 무리에서 이탈하여 늑대에게 추격을 당하게 되었다. 새끼 염소는 자신이 붙잡힐 것이라는 사실을 확신하고 몸을 돌려 늑대에게 이렇게 말했다.

"늑대님, 선생님께 잡아먹히는 것은 불가피하겠지요. 제 목숨이 이제 얼마 남지 않았으니 남은 삶이라도 즐겁게 해 주시길 간청합니다. 마지막으로 제가 춤을 출 때 배경 음악으로 곡 하나를 연주해 주시지 않겠어요?"

늑대도 만찬을 맞이하기 전에 약간의 음악을 즐기는 것도 나쁘지 않으리라 생각했다. 그래서 곧 피리를 꺼내 연주를 시작했다. 새끼 염소는 늑대 앞에서 춤을 추었다. 그런데 염소 떼를 지키던 개들이 피리 소리를 듣고 무슨 일인지 구경을 왔다가 늑대를 발견하고는 쫓아 버렸다. 늑대는 달아나며 새끼 염소에게 이렇게 말했다.

"자업자득이군. 내 직업은 푸줏간 주인이 하는 일과 똑같은 것인데. 너를 즐겁게 해 주겠다고 나서서 피리 따위를 불다니. 이 얼마나 어리석었던가!"

23
헤르메스와 나무꾼

나무꾼이 강둑 위에서 나무를 베고 있었다. 그러던 중 도끼가 나무를 빗나가서 물속으로 빠졌다. 나무꾼은 슬퍼하며 물가에 서 있었다. 이때 헤르메스(*제우스의 아들로서 빠른 움직임으로 유명하다. 제우스의 전령, 즉 심부름꾼으로 일하는 신이다. 이하 *표시-옮긴이 주)가 나타나 그에게 슬퍼하는 이유를 물었다. 나무꾼의 이야기를 듣고 그를 불쌍히 여긴 헤르메스는 강물 속으로 들어가 황금 도끼 하나를 건져 올리며 이것이 나무꾼이 잃어버린 도끼냐고 물었다. 나무꾼은 아니라고 대답했다. 헤르메스는 다시 물속으로 잠수해 은도끼 하나를 건져 올리며 이것이 나무꾼의 것이냐고 재차 물었다.

"그것도 제 것이 아닙니다."

나무꾼이 대답했고 헤르메스는 다시 물속으로 들어가 그가 잃어버린 도끼를 찾아내었다. 나무꾼은 자신의 도끼를 되찾아 너무나 기뻤고 헤르메스에게 무척 감사하다고 말했다. 헤르메스는 나무꾼의 정직함을 흐뭇하게 여기어 다른 두 도끼를 모두 선물로 주었다.

집에 돌아온 나무꾼이 친구들에게 이 이야기를 들려주었다. 친구 중 하나가 나무꾼의 행운에 몹시 질투가 났던 나머지 자신도 이런 행운을 놓칠 수 없다고 결심하고 강가에서 나무를 베기 시작했다. 그는 일부러 도끼를 물속에 빠뜨렸고 헤르메스가 다시 나타나서 그의 도끼를 찾아 주고자 물속으로 들어갔다. 그리고 지난번처럼 금도끼 하나를 건져 올렸다. 헤르메스가 이 도끼가 네 것이냐 물었고 그는 곧바로 이렇게 외쳤다.

"제 것입니다! 제 것이에요!"

그는 손을 내밀며 그 행운을 받으려 했다. 하지만 이런 거짓말이 괘씸했던 헤르메스는 그에게 금도끼를 주지 않았고 그가 물에 빠뜨린 도끼 또한 찾아 주지 않고 자리를 떴다.

*정직함이 가장 현명한 것이다.

24
두 마리의 개구리

두 마리의 개구리가 친하게 지내고 있었다. 하나는 개구리가 원래 좋아하는 습지에서 살았다. 다른 한 마리는 습지에서 좀 떨어진 오솔길에 살았다. 물이라고는 비 온 후 마차 바퀴 자국에 고인 물이 전부인 곳이었다.

습지 개구리는 친구에게 습지로 이사를 오라고 계속 조언했다. 습지가 더 안락하고 안전하다는 것을 알고 있었기 때문이다. 하지만 다른 개구리는 자신이 사는 곳에 이미 익숙해져 이사하기가 꺼려진다며 거절했다. 며칠 후 커다란 짐마차가 오솔길을 내려왔고 그 개구리는 바퀴에 깔려 죽었다.

25
할머니와 의사

옛날에 어느 할머니가 질병으로 인해 앞을 볼 수 없게 되었다. 의사의 진찰을 받은 후 여러 증인 앞에서 이렇게 합의했다. 만약 의사가 자신을 고쳐 준다면 비싼 치료비를 의사에게 지불하며, 반대로 실패할 경우 의사는 한 푼도 받지 않겠다고 말이다. 그 후 의사는 꾸준히 왕진을 와서 노파를 치료했다. 그런데 그는 왕진을 올 때마다 할머니의 집에서 가구나 물건을 훔쳐 갔다.

마침내 마지막 왕진이 끝나고 할머니는 완치되었다. 그러나 집 안에는 아무것도 없는 상태였다. 집이 텅 빈 것을 본 할머니는 치료비 지불을 계속해서 거부했다. 결국 의사는 판사를 찾아가 할머니에 대한 채무 이행 소송을 제기했다.

재판장으로 끌려가는 할머니는 자신을 변호하기 위한 만반의 준비를 끝낸 상태였다.

"예, 원고 말이 맞아요. 저는 원고인 의사가 고쳐 준다면 진료비를 주기로 약속했고, 의사가 치료를 못하면 치료비를 전혀 내지 않기로 했지요. 지금 의사는 내가 완치되었다고 말하지만 사실 저는 전보다 더 심한 장님이 되었지요. 저는 눈이 나빴을 때에도 집 안에 어떤 가구가 있는지, 어떤 물건이 있는지 알아볼 수 있었습니다. 하지만 지금은 그 어떤 가구나 물건도 보이지 않는답니다."

26
양봉가

한 도둑이 양봉장으로 들어갔다. 그리고 양봉가가 외출 중인 것을 확인하고 꿀을 훔쳤다. 집으로 돌아온 양봉가는 벌통이 모두 빈 것을 발견했다. 너무나 당황한 나머지 한동안 멍하니 벌집을 바라보고 서 있었다.

벌이 꿀을 모은 후 돌아왔는데 자신의 집이 뒤집혀 있고 양봉가가 그 곁에 서 있는 것을 발견했다. 벌은 벌침으로 양봉가를 공격했다.

양봉가는 그런 벌에게 몹시 화를 내며 이렇게 소리쳤다.

"이런 배은망덕한 놈들! 내 꿀을 훔친 도둑은 놓쳐 버렸으면서 항상 돌봐 준 내게는 이렇게 달려들어 침을 쏜단 말이냐!"

*복수를 할 때는 그 상대가 맞는지 다시 한 번 확인해라.

27

까마귀와 물그릇

목마른 까마귀 한 마리가 물이 담긴 그릇을 발견했다. 하지만 물이 너무 조금 담겨 있어 아무리 해도 부리가 물까지 닿지 않았다. 갈증을 없애 줄 특효약을 눈앞에 두고도 죽을 수 있다는 생각에 괴로워하던 까마귀는 마침내 영리한 계획을 떠올렸다. 그리고 까마귀는 작은 돌을 주워 와 물그릇 속으로 떨어뜨렸다. 돌이 그릇 안에 쌓일 때마다 물이 점점 위로 차올랐고 마침내 물이 그릇의 입구 부분까지 차올랐다. 결국 까마귀는 물을 마실 수 있게 되었다.

*간절함은 발명의 어머니이다.

28

나귀와 여우와 사자

나귀와 여우가 함께 의기투합하여 먹을 것을 찾아 길을 나섰다. 얼마 가지 않아 그들 앞으로 사자 한 마리가 다가왔고 이를 발견한 나귀와 여우는 두려움에 떨었다. 여우는 자신의 목숨을 구할 방법이 떠올랐고 대담하게 사자에게 다가가 사자의 귀에 이렇게 속삭였다.

"저를 놓아주시기만 한다면, 숨어 있다 몰래 접근하는 수고를 할 필요 없이 제가 저 나귀를 잡을 수 있도록 도와 드리겠습니다."

이 말에 사자는 그러라며 고개를 끄덕였다. 여우는 나귀의 곁으로 돌아가 어느 사냥꾼이 야생 동물을 잡기 위해 파 놓은 구덩이 함정으로 나귀를 이끌었다. 결국 나귀는 그 구덩이 속으로 떨어지고 말았다. 나귀가 확실히 갇힌 것을 확인했을 때 사자의 눈에 먼저 들어온 것은 여우였다. 그래서 사자는 여우를 먼저 잡아먹은 다음, 천천히 나귀로 본 식사를 마무리했다.

*친구를 배신하면 종국에는 그 일이 자신에게 나쁜 일로 되돌아오는 경우가 많다.

29
달과 달의 어머니

옛날에 달이 자신의 어머니에게 가운 한 벌을 만들어 달라고 졸랐다.

"그걸 어떻게 만드니? 네 몸에 맞춰 옷을 짓는 일은 불가능하단다. 너는 초승달일 때도 있고 보름달일 때도 있지 않니? 그리고 두 경우의 사이에도 계속해서 몸이 달라지잖니."

30
돌고래와 고래와 잔챙이 청어

돌고래들이 고래들과 말다툼을 하다가 결국 몸싸움으로 번졌다. 싸움은 점점 더 격해졌고 끝날 기색이 보이지 않았다. 그때 잔챙이 청어 한 마리가 나타나 자신이 그 싸움을 말릴 수 있다고 생각했다. 그래서 싸움판 안으로 들어왔고 서로 화해를 시키려고 노력했다. 그런 청어를 지켜보던 돌고래 한 마리가 비웃듯 청어에게 이렇게 말했다.

"너 같은 잔챙이의 도움으로 화해를 하느니 차라리 양쪽이 모두 죽을 때까지 싸우는 게 낫겠다!"

31
여주인과 하녀들

한 여주인이 하녀 두 명을 데리고 있었다. 그런데 이 여주인은 하녀에게 많은 일을 시켰다. 하녀들이 아침에 늦게 일어나는 것을 용납하지 않았고 이른 새벽 수탉이 울자마자 깨워 일을 시켰다. 하녀들은 그렇게 일찍 일어나는 것을 힘들어 했고 겨울에는 더욱 그랬다.

하녀들은 수탉이 그렇게 일찍 울어 자신의 주인을 깨우지만 않으면 자신들이 더 오래 잘 수 있다고 생각했다. 그래서 수탉을 죽여 버렸다. 하지만 그녀들은 그 행동이 어떤 결과를 가져올지 미처 알지 못했다. 여주인은 평소처럼 닭의 울음소리가 들리지 않자 전보다 더 일찍 하녀들을 깨워 한밤중에도 일을 시키기 시작했던 것이다.

32
독수리와 여우

독수리와 여우가 친한 친구가 되었다. 서로 자주 만나면 사이가 더 좋아질 거라고 여겨 가까이 살기로 의기투합했다. 독수리가 높은 나무의 꼭대기에 둥지를 틀었고 여우는 그 나무 밑동에 있는 덤불 속에 집을 만들고 새끼를 낳았다.

어느 날 여우가 먹을 것을 찾아 나섰다. 그사이 자신의 새끼들에게 줄 음식이 필요했던 독수리는 덤불로 내려와 여우의 새끼들을 잡아 다시 둥지로 올라갔다.

돌아온 여우가 새끼들을 잃었다는 사실을 발견하였다. 하지만 자신의 새끼를 잃은 것보다 독수리의 둥지로 올라가 복수할 길이 없기 때문에 더 화가 치밀었다. 여우는 근처에 앉아 독수리에게 저주를 퍼부었다.

하지만 오래지 않아 여우는 복수의 기회를 얻었다. 자초지종은 이러했다. 마을 사람 몇이 우연히 이웃에 있는 제단에 양 한 마리를 제물로 바치고 있었다. 그걸 본 독수리가 날아와 불 붙은 고깃점 하나를 채 가지고 둥지로 올라갔다. 그때 센 바람이 불어 둥지에 불이 붙고 말았던 것이다. 결국 독수리의 새끼들은 반쯤 타 버린 채 땅으로 떨어졌다. 여우는 기회를 놓치지 않고 독수리가 보는 앞에서 그의 새끼들을 먹어 버렸다.

*거짓 우정은 인간이 내린 벌을 피할 수 있지만 하늘이 내리는 벌은 피할 수 없다.

33
푸줏간 주인과 손님들

두 사내가 장터의 푸줏간에서 고기를 사고 있었다. 그런데 푸줏간 주인이 잠시 등을 돌린 사이에 손님 중 하나가 큰 고깃덩이를 재빨리 집어 다른 남자의 외투 속으로 숨겼다.

손님 쪽으로 몸을 돌린 푸줏간 주인이 곧바로 고깃덩이가 사라졌다는 것을 알아차리고 두 사내에게 왜 고기를 훔쳤느냐고 비난했다. 고깃덩이를 집었던 사람은 자신이 그것을 가지고 있지 않다고 말했다. 그것을 품던 사람은 자신은 그것을 직접 집지 않았다고 말했다.

푸줏간 주인은 그들이 훔쳤다고 확신했지만 어쩔 수가 없었다. 그리고 이렇게 말했다.

"당신들이 거짓말로 나를 속일 수는 있어도 신은 못 속입니다. 신은 그렇게 호락호락하지 않거든요."

34

선과 악

이 세상이 생긴 지 얼마 되지 않은 아주 먼 옛날에는 선과 악이 모두 인간의 일에 끼어들었다. 그때는 선과 악의 힘이 균형을 이뤄 축복과 불행이 고르게 인간에게 나누어졌다.

하지만 인간의 어리석음으로 인해 악은 그 수가 무섭게 증가하고 세력이 커졌다. 마침내 인간사에 관여할 수 있는 선의 몫을 모두 앗아 가고 급기야 세상에서 선을 영원히 몰아낼 듯했다.

선은 하늘로 올라가 제우스에게 자신의 이런 상황을 불평하며 악으로부터 자신을 보호해 달라고 부탁했다. 인간과 잘 지낼 수 있는 방법에 관해 알려 달라고 청했다.

제우스는 그 부탁을 들어주었다. 하지만 선이 떼를 지어 한꺼번에 인간들 사이로 들어가면 적개심 강한 악의 공격으로부터 무사하지 못할 것이라고 경고했다. 그리고 따로따로 눈에 띄지 않게 천천히 시차를 두고 악이 예상하지 못할 시간을 골라 인간 속으로 들어가라고 충고했다.

이것이 세상이 악으로 가득 차게 된 이유이다. 악은 자기 마음이 내키는 대로 왔다 갔으며, 떠난다 해도 절대 멀리 가지 않는다. 그런 반면에 애석하도다! 선은 한 번에 하나씩만 나타나고, 그마저도 하늘에서부터 먼 길을 와야 하기 때문에 우리의 눈에 자주 보이지 않는다.

35
산토끼와 개구리

산토끼들이 한데 모여 자신의 불행한 삶을 애통해 했다. 사방이 위험인 데다 스스로 목숨을 지킬 힘과 용기도 없었기 때문이다. 인간과 개와 새 그리고 그 외에도 많은 포식자들이 매일같이 토끼를 노리고 있었던 것이다.

산토끼들은 더 이상 이런 고난을 견디지 말고 함께 죽기로 결심했다. 그들은 단호히 결심하고 물속으로 뛰어들기 위해 근처에 있는 연못으로 달려갔다. 연못의 제방 위에는 많은 개구리들이 앉아서 쉬고 있었는데 산토끼들이 뛰어오는 소리를 듣자마자 일제히 물속으로 뛰어들어 몸을 숨기는 것이 아닌가? 이것을 본 가장 나이가 많은 산토끼가 자신의 종족에게 이렇게 외쳤다.

"여러분, 우리의 결심을 철회합시다! 우리는 죽으면 안 되오! 보시오, 우리보다 더 겁이 많아 우리를 무서워하는 생물도 저렇게 살아가고 있지 않습니까!"

36
외양간에 들어온 수사슴

수사슴 한 마리가 사냥개에게 쫓겨 굴에서 뛰어나와 한 농장으로 피신했다. 칸막이에는 소들이 있었고 수사슴은 빈 칸막이를 찾아 건초 밑에 몸을 숨기고 누웠다. 하지만 뿔의 끝은 어떻게 숨길 수가 없었다. 소 한 마리가 그에게 물었다.

"무슨 일로 여기에 들어오게 된 거야? 목동에게 붙잡힐지도 몰라. 네가 위험하다고."

"잠시만 여기에 있을게. 밤이 되면 어두우니 쉽게 도망칠 수 있을 거야."

수사슴이 대답했다.

그날 오후 내내 여러 일꾼이 외양간을 들락거리며 소에게 필요한 것을 주고 갔지만 그 누구도 수사슴 한 마리가 그곳에 숨어 있다는 것을 눈치채지는 못했다. 수사슴은 자신의 탈출이 성공한 것에 대해 자축하며 소들에게 감사를 전했다. 그러자 아까 그 소가 이렇게 말했다.

"우리는 물론 네가 안전하기를 바라지만 내가 보기에 너는 아직 위험으로부터 완전히 벗어나지 못했어. 주인님이 들어오면 넌 분명히 발각될 거야. 주인님의 예리한 눈썰미는 피할 수 없을 거야."

소의 말대로 얼마 후 주인이 외양간으로 들어왔다. 그리고 소가 잘 있는지 이리저리 살피더니 곧 야단법석을 떨며 불만스럽게 외쳤다.

"소가 배고픈 것 같은데? 소에게 건초를 더 주고 밑에 짚도 많이 깔아야겠어!"

주인은 이렇게 말하며 수사슴이 숨어 있는 건초더미에서 건초를 한 아름 들어 올렸다. 주인은 곧장 수사슴을 발견했고 일꾼을 불러 사슴을 죽였다. 그리고 식탁에 올릴 수 있도록 요리를 시작하라고 명령했다.

37
토끼와 거북이

토끼가 걸음이 너무 느리다며 거북이를 놀리고 있었다.

"잠깐만, 너와 경주해 보겠어. 분명히 내가 이길 거야."

거북이가 말했다. 이 제안에 흥미를 느낀 토끼가 이렇게 대답했다.

"오, 그거 좋아. 한번 해 보자구."

여우가 경주 코스를 정하고 심판을 봐주기로 한 뒤 둘은 동시에 출발했다. 토끼는 곧 거북이를 너무 많이 앞지르게 되었다. 그래서 조금 쉬려고 누워 있다가 깊이 잠들고 말았다. 그러는 동안 거북이는 끊임없이 걸었고 드디어 결승점에 도착했다. 토끼는 깜짝 놀라 눈을 뜨고 일어났다. 그리고 있는 힘껏 달렸지만 거북이가 경주에서 이겼다는 사실만 확인했을 뿐이었다.

38
우유 짜는 소녀와 들통

농부의 딸이 젖소의 젖을 짜러 나갔다가, 짠 젖을 들통에 담아 머리에 이고 착유장(*가축의 젖을 짜는 곳.)을 나섰다. 소녀는 집으로 돌아오는 길에 깊은 생각에 잠겼다.

"이 들통에 담긴 젖은 내게 크림을 주겠지. 그럼 난 그것을 버터로 만들어 장에 내다 팔아야지. 그렇게 번 돈으로 달걀을 많이 사고, 그 달걀이 부화되면 병아리가 태어날 테지. 그럼 병아리들이 자라 나는 꽤 큰 양계장의 주인이 될 거야. 그러면 닭을 팔아 그 돈으로 축제에 입고 갈 새 옷을 사야지. 그러면 모든 젊은 남자들이 내게 반해 사랑을 고백할 거야. 흥, 하지만 나는 도도하게 그들을 모두 거절하겠어."

그녀는 들통을 까맣게 잊은 채 이런저런 상상에 빠져들었다. 결국 머리에서 들통을 떨어뜨려 젖을 모두 땅에 흘리고 말았다. 그리고 동시에 그녀의 공중누각(*하늘에 떠 있는 집이란 뜻으로 상상 속의 꿈을 뜻한다.)마저도 한순간에 사라져 버렸다.

*부화도 되기 전에 닭의 수를 가늠하지 마라.

39
염소와 포도 넝쿨

염소 한 마리가 포도밭을 이리저리 거닐며 포도송이가 달린 넝쿨의 연한 새순을 뜯어 먹고 있었다. 그런 염소에게 포도 넝쿨이 이렇게 말했다.

"내가 너에게 어쨌기에 날 해치고 있니? 너는 뜯어 먹을 충분한 풀이 있잖아. 어쨌든 내 잎을 모조리 먹어 버려 나뭇가지를 휑하게 만든다고 해도, 나는 네가 제물로 제단에 끌려갔을 때 네 몸 위에 부을 만큼 충분한 포도주를 만들 수 있어."

40
거북이와 독수리

자신의 초라한 생활에 불만이 가득하고 하늘 위에서 즐겁게 노는 새를 부러워하던 거북이가 있었다. 거북이는 독수리에게 나는 법을 가르쳐 달라고 애원했다. 독수리는 자연의 여신이 거북이에게는 날개를 주지 않았기 때문에 아무리 노력해 봤자 불가능한 일이라며 부탁을 거절했다. 하지만 거북이는 하늘을 나는 일이 공기의 기능을 터득하면 가능한 것이라고 주장하며 다시 애원했다. 보물을 주겠다는 약속까지 하면서 말이다.

결국 독수리는 거북이를 위해 가능한 최선을 다해 가르쳐 주겠다고 동의했다. 두 발로 그를 잡아 올려 높은 곳까지 날아올랐다. 그리고 거북이를 놓았다. 불쌍한 거북이는 거꾸로 떨어졌고 바위에 부딪혀 죽고 말았다.

41
소년과 개구리들

장난기 많은 소년들이 연못가에서 놀고 있었다. 그러다 개구리 몇 마리가 얕은 물속에서 헤엄치는 모습을 발견했고 그 개구리에게 돌을 던지며 장난을 쳤다. 그러다가 개구리 몇 마리가 죽게 되었다. 결국 한 개구리가 수면 위로 머리를 내밀며 이렇게 외쳤다.

"그만해! 그만해! 너희에게는 놀이일 뿐이겠지만 우리에게는 죽음이라고!"

42
양가죽을 쓴 늑대

늑대 한 마리가 있었다. 늑대는 들키지 않고 양에게 다가가 잡아먹기 위해 변장을 하기로 결심했다. 몸에 양가죽을 뒤집어쓴 늑대는 양들이 초원에 나와 있을 때 무리 사이로 슬쩍 합류했고 목동을 완전히 속일 수 있었다.

저녁때가 되어 목동이 양을 우리 속으로 다시 몰아넣을 때 늑대도 양과 함께 우리에 들어갔다. 하지만 우연히도 그날 목동은 저녁으로 양고기를 요리해 먹으려고 생각했다. 그래서 늑대를 양으로 착각하여 늑대를 잡아 죽이고 말았다.

43
여우와 원숭이

여우와 원숭이가 함께 길을 걷다가 둘 중 누가 더 뼈대 깊은 가문의 출신인지를 두고 말싸움이 붙었다. 그 말싸움은 오랫동안 계속되었다. 그렇게 그들은 묘비가 빽빽이 들어찬 공동묘지 길을 지나게 되었다. 그때 원숭이가 발걸음을 멈추고 주위를 보며 크게 한숨을 내쉬었다.

"웬 한숨이냐?"

여우가 묻자 원숭이가 무덤을 가리키며 이렇게 대답했다.

"여기 있는 모든 묘비가 나의 조상님들을 위해 세워진 묘비야. 내 조상님이 꽤나 대단한 분들이셨거든."

여우는 잠시 할 말을 잃었다가 이렇게 대꾸했다.

"어이쿠, 그러신가? 뭐, 계속해 봐. 그래도 넌 무사할 테니까. 이 중에서 아무도 다시 되살아나서 그것이 거짓말이라는 것을 폭로하진 못할 테니까."

*자랑은 진실이 밝혀질 리 없을 때 더욱더 커진다.

44
호두나무

길가에서 자라던 호두나무 한 그루가 많은 열매를 맺었다. 지나가던 사람들이 호두를 따기 위해 막대기와 돌로 나뭇가지를 괴롭혔다. 그래서 호두나무는 고통스런 나날을 보냈다. 결국 호두나무는 이렇게 외쳤다.

"내 열매를 먹는 인간들이 내게 모욕과 매질로 보답하다니 정말 너무하시네요!"

45
늑대와 사자

늑대 한 마리가 양 떼 속에 숨어 들어가 어린양을 한 마리 훔쳤다. 그리고 그것을 다른 곳에서 먹기 위해 옮기고 있는데 사자를 만나고 말았다. 사자는 늑대에게서 그 먹이를 빼앗아 가 버렸다. 늑대는 사자 앞에서는 대항할 수 없었지만 사자가 어느 정도 멀어지자 이렇게 외쳤다.

"남의 것을 빼앗아 가다니, 너는 양심도 없구나!"

이 말에 사자는 웃음을 터뜨리며 큰 소리로 대꾸했다.

"그래, 이것은 네 것이 맞아. 그건 틀림없지! 그냥 친구에게 선물로 준 것이라고 생각해라, 응?"

46

노예와 사자

주인에게 너무 혹독한 대우를 받다가 도주한 노예가 있었다. 그는 주인에게 다시 잡힐까 두려워 사막으로 도망쳤고 음식과 피신처를 찾아 이리저리 돌아다녔다. 그러다가 한 동굴을 발견하고 그 안으로 들어갔다.

노예는 그곳을 빈 동굴이라 생각했지만 사실 그곳은 사자 굴이었다. 동굴 안으로 조금 더 깊이 들어가자 사자가 나타났고 노예는 이제 죽었다는 생각에 자포자기 상태로 있었다. 하지만 사자는 그를 잡아먹는 대신에 그에게 다가와서 살갑게 굴더니 앞발을 들어 올려 보였다. 사자의 발은 퉁퉁 부어 있었고 심지어 곪기까지 했다. 노예는 사자의 발바닥에 큰 가시가 박혀 있는 것을 발견하고 가시를 빼고 상처 부위에 붕대를 감아 주었다. 시간이 흘러 상처는 완전히 치유되었고 사자는 노예에게 감사했다. 사자와 노예는 친구가 되어 한동안 동굴에서 함께 지냈다.

얼마 후 노예는 인간이 사는 세상을 그리워하게 되었다. 그는 사자와 작별을 고하고 다시 세상 밖으로 나왔다. 하지만 그는 곧 발각되어 사슬에 손발이 묶인 채 전 주인 앞으로 끌려가게 되었다. 주인은 이 노예를 본보기로 보이기 위해 원형 극장에서 열리는 공연 때 맹수에게 던지라고 명령했다.

운명의 날, 맹수는 극장 무대에 풀려났고 맹수 중에는 거대한 몸집과 무서운 얼굴을 가진 사자 한 마리도 포함되어 있었다. 불쌍한 노예는 맹수들 사이로 던져졌는데 그때 관중 모두를 놀라게 만든 일이 일어났다. 큰 사자가 노예를 보더니 그의 앞으로 달려와 기쁨과 반가움을 표시하며 그의 발밑에 벌러덩 드러눕는 것이었다.

그 사자는 바로 동굴에서 함께 살았던 노예의 옛 친구였다. 관객들은 노예를 살려 주자고 외쳤고 그 도시의 총독은 한낱 짐승이 은혜를 잊지 않은 것과 둘의 우정에 대해 감명받아 노예와 사자 둘 모두에게 자유를 주라고 명령했다.

47
꾀꼬리와 제비

꾀꼬리와 이야기를 나누던 제비가 꾀꼬리에게 충고 하나를 했다. 꾀꼬리더러 나뭇잎으로 만든 임시 거처를 버리고 이곳으로 와 자신처럼 인간이 지붕을 쳐 놓은 집에 둥지를 틀고 살라는 것이었다.

"나도 너처럼 인간 사이에 끼여 살았던 적이 있어. 하지만 나는 그때 인간의 악행을 너무 많이 봤어. 지금은 인간을 미워하게 되었지. 난 다시는 그들 근처에서 살지 않을 거야."

*과거의 고생은 고통스러운 기억이 되어 남는다.

48
곰과 여우

옛날 곰 한 마리가 자신의 넓은 마음씨를 자랑하며 다른 동물과 비교해 자신의 위대함을 과시했다. 사실 '곰은 시체를 절대로 손대지 않는다.'는 말이 있다. 이런 곰의 이야기를 알고 있던 한 여우가 미소 지으며 말했다.

"친구야, 그래도 나는 네가 배고플 때는 죽은 것에만 관심을 보이고 산 것은 좀 내버려 뒀으면 해."

*위선자는 자기 자신을 속인다.

49
암염소와 턱수염

제우스는 암염소들의 요구로 그들에게 수염을 하사했다. 하지만 이것을 본 수컷들은 자신의 권리와 위신이 침해당했다며 기분이 상했다. 그리하여 수컷들은 대표단을 세워 제우스에게 보내 이런 결정에 항의했다. 하지만 제우스는 그들에게 반대하지 말라며 이렇게 말했다.

"그깟 털 속에 무엇이 들어 있다 생각하느냐? 암컷들이 원하면 수염이야 얼마든지 가지라고 해라. 그래도 암컷은 힘으로 너희와 상대조차 안 되지 않느냐."

50
노파와 포도주 병

한 노파가 한때 귀하고 값비싼 포도주가 담겨 있었던 빈 병을 집어 들었다. 포도주 병에는 아직도 오묘한 포도주 향이 은은하게 남아 있었다. 노파는 병을 코에 갖다 대고 냄새를 맡으며 이렇게 소리쳤다.

"아, 이렇게 황홀한 향기를 남기다니, 그 술은 얼마나 맛이 좋았을까!"

51
태양을 향한 개구리의 불평

옛날 옛적에 태양이 아내를 맞이하려 했다. 하지만 이 소식에 개구리들이 놀라 일제히 하늘을 향해 목청을 높여 울었다. 제우스는 이 시끄러운 소리를 듣고 왜 그렇게 울어 대느냐고 개구리들에게 물었다. 개구리의 대답은 이러했다.

"태양은 혼자서도 이렇게나 뜨거운 열을 뿜어 우리의 소중한 늪을 말려 버리는 나쁜 짓을 하고 있습니다. 그런 그가 결혼을 한다니요? 그가 결혼해 다른 태양을 낳으면 우리는 어떻게 된단 말입니까?"

52
전나무와 가시나무

전나무가 가시나무에게 상대방을 무시하는 듯한 말투로 자기 자랑을 하고 있었다.

"불쌍한 것, 너는 아무 쓸모가 없어. 나를 보렴. 모든 일에 쓸모가 있지. 특히 인간이 집을 지을 때 나 없이는 안 되지."

가시나무는 이렇게 대답했다.

"아, 좋네. 하지만 잘 봐. 인간은 도끼와 톱을 가지고 와 너를 베어 쓰러뜨리겠지. 그때쯤 너는 전나무가 아니라 가시나무였으면 좋겠다고 생각할 거야."

*많은 의무를 가진 부유함보다 신경 쓸 것이 없는 가난함이 나을 때도 있다.

53
개와 수탉과 여우

개와 수탉이 의기투합해 함께 여행을 가기로 했다. 밤이 되자 수탉은 잠을 자기 위해 나뭇가지로 날아 올라갔고 개는 속이 패인 나무 구멍 안에 몸을 쪼그리고 누웠다. 날이 밝자 수탉은 늘 그렇듯 일어나 '꼬끼오.' 하고 울었다. 그때 그 소리를 들은 여우 한 마리가 수탉을 잡아 아침으로 먹을 속셈으로 다가왔다. 그리고 나무 밑에 서서 수탉에게 내려오라고 청했다.

"너처럼 아름다운 목소리를 가진 이와 친구로 지내고 싶어!"

여우가 말했다.

"그럼 지금 나무 밑동에서 자고 있는 내 문지기 좀 깨워 봐. 그가 문을 열어 너를 들여보낼 거야."

수탉이 대답했다.

여우는 나무 몸통을 두드렸고 개가 달려 나와 여우를 콱 물어뜯었다.

54
소년과 달팽이

농부의 아들이 달팽이를 잡으러 갔다. 양손 가득히 달팽이를 잡았고 그것을 구워 먹기 위해 불을 피우기 시작했다. 불길이 제대로 타올랐다. 열기를 느낀 달팽이들은 쉭쉭 소리를 내며 몸을 쪼그라뜨렸고 껍질 안으로 더 깊이 몸을 숨겼다. 그런 달팽이를 본 소년은 이렇게 외쳤다.

"자기 집이 불타고 있는데 휘파람을 불다니, 이런 몹쓸 놈들 같으니라고!"

55
맹인과 새끼 이리

옛날에 한 맹인이 살았다. 그는 비록 맹인이었지만 매우 민감한 촉각을 지녔고 어떤 짐승이라도 그의 손에 놓아 주면 촉감만으로 어떤 동물인지 알아맞힐 수 있었다. 어느 날 새끼 이리를 그의 손에 놓아 주면서 이게 무엇이냐고 묻자 맹인은 그것을 잠시 더듬더니 이렇게 대답했다.

"새끼 늑대인지 새끼 여우인지는 확실치 않지만, 이걸 양 우리 안에 들여놓으면 안 될 것 같다는 것은 확실하군요."

*악한 성향은 어릴 때부터 나타난다.

56
원숭이들과 두 여행자

두 남자가 함께 여행을 떠났다. 그중 한 명은 결코 진실을 말하지 않는 사람이었고 다른 한 명은 절대로 거짓말을 하지 않는 사람이었다. 여행을 하던 중에 그들은 원숭이들이 모여 사는 곳에 도착했다. 원숭이의 왕이 사람들이 도착했다는 말을 듣고 그들을 자신의 앞으로 데려오라고 명령했다.

원숭이 왕은 자신의 권위에 사람들이 감동받도록 왕좌에 앉아 그들을 맞았다. 그리고 신하 원숭이들에게 자신의 양편으로 길게 서 있도록 지시했다. 여행자들이 왕 앞에 섰을 때 그는 왕으로서의 자신을 어찌 생각하는지 물었다. 거짓말쟁이 여행자는 이렇게 대답했다.

"폐하, 당신께서는 매우 고귀하며 강한 군주이옵니다."

왕은 질문을 계속했다.

"신하들은 어떠한가?"

"신하들 역시 모든 면에서 고귀하신 폐하를 모시기에 부족함이 없사옵니다."

그가 다시 대답했다. 이 대답에 매우 기뻤던 왕은 거짓말쟁이에게 많은 선물을 하사했다. 또 다른 여행자는 동료가 거짓말을 했음에도 훌륭한 상을 받았으니 진실을 말하면 더욱 큰 상을 받을 것이라고 생각했다.

왕은 두 번째 여행자에게 물었다.

"너는 어찌 생각하는가?"

"당신은 매우 훌륭한 원숭이고 신하들도 모두 훌륭한 원숭이입니다."

그가 대답했다. 그러자 원숭이 왕은 분노에 차올라 그를 끌어내고 죽이라고 명령했다.

57
양치기 소년과 늑대

마을 근처에서 양 떼를 돌보고 있던 양치기 소년이 있었다. 그는 늑대가 양 떼를 공격하는 것처럼 거짓말을 해서 마을 사람들을 속이면 재미있을 거라고 생각해 이렇게 소리쳤다.

"늑대다! 늑대다!"

사람들이 몰려오자 소년은 그들의 허탕한 표정을 보며 크게 웃었다. 소년은 이런 장난을 여러 번 쳤다. 매번 늑대를 발견하지 못한 마을 사람들은 곧 자신이 속았다는 것을 알게 되었다.

어느 날 이번에는 정말로 늑대가 나타났다. 소년은 "늑대다! 늑대다!" 하고 힘껏 외쳤다. 하지만 사람들은 소년의 그런 외침을 너무나 많이 들었기 때문에 이번에는 들은 척도 하지 않았다. 늑대는 여유 있게 양을 한 마리씩 모두 잡아먹어 버렸다.

*거짓말쟁이의 말은 그가 진실을 말할 때조차 믿을 수 없게 된다.

58
석류와 사과나무와 찔레 덤불

석류나무와 사과나무가 서로 자신의 과일이 더 낫다고 주장하며 논쟁을 벌이고 있었다. 고성이 오가고 말다툼이 거세지려던 찰나 찔레 덤불이 저쪽 울타리에서 머리를 들이밀며 이렇게 말했다.

"어이, 거기요. 이제 그만 좀 하시죠?"

59
참나무와 갈대

강둑 위에서 자라던 참나무 한 그루가 돌풍에 뿌리가 뽑혀 강물을 가로질러 넘어졌다. 그 때문에 물가에서 자라던 몇몇 갈대를 짓누르게 되었다. 참나무는 갈대들에게 말했다.

"이렇게 강한 나도 뿌리가 뜯기고 강물에 팽개쳐졌는데 그토록 약하고 가는 너희는 어떻게 폭풍을 피할 수 있었던 거지?"

갈대들이 대답했다.

"너는 너무 고집이 세. 폭풍과 맞서 버텼지? 그래서 결국 폭풍이 너보다 강했던 거고. 하지만 우리는 약한 미풍에도 고개를 숙이며 져 주지. 그러니 강풍도 우리에게 아무런 피해를 끼치지 않고 그냥 우리 머리 위를 지나가 주는 거야."

60
벌과 제우스

여왕벌 한 마리가 제우스에게 줄 갓 채집한 신선한 벌꿀을 가지고 히메투스(*그리스 동중부의 아테네 지역에 있는 산.)에서 올림푸스(*에비아 섬의 동부 중앙에 있는 산.)까지 날아 올라갔다.

선물을 받은 제우스는 무척 기뻐하며 여왕벌의 부탁이라면 무엇이든 들어주겠노라 약속했다. 여왕벌은 꿀을 강탈해 가는 인간을 죽일 수 있도록 벌에게 벌침을 달라고 부탁했다.

인간을 무척이나 사랑했던 제우스는 이 요청이 몹시 불쾌했다. 하지만 이미 어떤 소원이든 들어준다고 약속했기 때문에 할 수 없이 벌에게 침을 주겠다고 말했다. 하지만 제우스가 벌에게 준 침은 한 번 사용하면 침이 몸통에서 떨어져 나와 그 침을 쏜 벌이 죽게 되는 특성이 있었다.

*악한 소원은 가금류(*가축에 속하는 조류.)와 같아서 주인에게 되돌아오는 법이다.

61
제우스와 거북이

제우스가 아내를 맞이하려고 했다. 그래서 모든 동물을 잔치에 초대하여 이날을 기념하기로 했다. 거북이를 제외한 모든 동물들이 찾아왔다. 제우스는 거북이가 참석하지 않았음에 놀랐다. 얼마 후 제우스는 우연히 거북이를 만났고 왜 그날의 잔치에 오지 않았느냐고 물었다.

"저는 집을 떠나 돌아다니는 것을 싫어해요. 제집만 한 곳이 없어요."

거북이가 대답했다. 이 대답을 괘씸하게 여긴 제우스는 그날 이후로 거북이는 항상 집을 메고 다니며 절대로 집에서 벗어날 수 없도록 만들어 버렸다.

62

벼룩과 황소

벼룩 한 마리가 황소에게 이렇게 말했다.

"너처럼 크고 힘이 센 친구가 어째서 인간에게 온갖 봉사를 다 하고 그들을 대신해 어려운 일을 다 해 주며 사는 거지? 이렇게 작고 별 볼 일 없는 나도 그저 인간의 몸 위에서 기생하며 그들의 피를 마음껏 마시고 편하게 살아가잖아."

황소는 이렇게 대꾸했다.

"인간은 내게 매우 친절해. 그래서 나도 그들에게 고마워하고 있어. 그들은 나를 잘 먹여 주고 재워 주지. 게다가 가끔씩 내 머리와 목을 두드리며 애정을 표현한단다."

벼룩은 이렇게 말했다.

"만일 내가 허락한다면 그들은 나도 쓰다듬어 줄걸? 하지만 그러지 않도록 무지 조심하지. 그들이 나를 쓰다듬어 주는 날이 바로 내 제삿날이 될 테니까 말이야."

63
예언자

한 예언자가 장터에 앉아 예언을 듣기 원하는 사람들에게 돈을 받고 그들의 운명을 말해 주고 있었다.

갑자기 한 사람이 달려오더니 예언자의 집에 도둑이 들어 가져갈 수 있는 것은 모두 훔쳐 갔다고 일러 주었다.

예언자는 자리에서 일어나 자신의 머리카락을 쥐어뜯었다. 그리고 도둑을 향한 저주 섞인 욕을 퍼부으며 달려갔다.

구경꾼들이 매우 흥미롭다는 표정으로 그 장면을 지켜보았고 그중 하나가 이렇게 말했다.

"남에게 일어날 일은 잘 안다고 큰소리치더니 자신에게 닥칠 일은 몰랐나 보군."

64
여물통 속의 개

개 한 마리가 여물통 속에 누워 있었다. 하지만 그 여물통은 소를 위한 것이었다. 소가 다가와서 여물을 먹으려 하면 개는 으르렁대며 달려들어 그들이 접근하는 것을 허락하지 않았다. 소 하나가 자신의 친구에게 말했다.

“참 이기적인 짐승이야. 자기가 먹을 수 없는 것이라고 해서 먹을 수 있는 자도 먹지 못하게 하다니.”

65
여행자와 개

한 여행자가 여행을 떠나기 전에 문 앞에서 기지개를 켜고 있는 개에게 말했다.

"녀석아, 맨날 하품만 하고 있느냐! 어서 서두르거라. 너도 함께 갈 거야."

개는 꼬리를 흔들며 느긋하게 말했다.

"주인님, 전 이미 준비됐어요. 주인님을 기다리고 있었다니까요."

66
어부와 잔챙이 청어

어부가 바다에 그물을 던졌다가 끌어 올렸을 때 건져 올린 것은 겨우 작은 청어 한 마리였다. 청어는 자신을 다시 물속으로 놓아 달라고 애원하며 이렇게 말했다.

"전 지금은 비록 작은 잔챙이일 뿐이지만 훗날 크게 자라면 어부님께서 다시 저를 잡았을 때 더 큰 쓸모가 있을 거예요."

하지만 어부는 이렇게 대답했다.

"안 되지. 너를 잡은 지금 가져가야지. 내가 너를 돌려보내면 두 번 다시 널 볼 수 있을까? 어림도 없지!"

67
여우와 염소

여우가 우물에 빠져서 나올 수 없는 상황에 처했다. 목이 마른 염소 한 마리가 그곳을 지나다가 우물 속의 여우를 발견하고 그곳 물맛이 좋으냐고 물었다.

"좋으냐고? 내가 마셔 본 물 중에 최고야. 너도 어서 내려와 직접 마셔 봐."

여우가 대답했다. 염소는 갈증이 해소될 거라는 생각만으로 곧바로 우물로 뛰어들었다. 물을 실컷 마신 염소는 이제 여우와 똑같은 처지가 되었다. 우물에서 빠져나갈 방법을 찾아 주위를 둘러보았지만 아무런 방법도 없었다.

"나한테 좋은 생각이 있어. 네가 뒷다리로 서서 앞다리로 벽에 버티고 있어. 그러면 내가 네 등을 타고 올라간 다음 네 뿔을 밟고 올라서서 빠져나갈게. 내가 나가면 바로 너를 도와줄게."

여우가 말했다. 염소는 여우의 말대로 했고 여우는 염소의 등을 올라타고 우물 밖으로 빠져나갔다. 그 뒤 여우는 매몰차게 우물을 떠났다. 염소는 큰 소리로 여우를 부르며 자신을 도와주겠다고 약속하지 않았느냐고 소리쳤다. 여우는 고개를 돌리고 이렇게 대답할 뿐이었다.

"네 턱에 달린 수염의 양만큼 머리에 생각이라는 것이 많았다면, 다시 나갈 수 있는지 없는지도 모른 채 우물로 덥석 뛰어들지는 않았겠지."

*뛰어들기 전에 살펴봐라.

68
나귀와 짐

한 상인이 나귀 한 마리를 가지고 있었다. 어느 날 소금을 많이 산 그는 나귀의 등에 나귀가 감당할 수 있는 최대한으로 소금을 싣고 집으로 돌아가게 되었다. 그러던 중에 냇물을 건너다 실수로 나귀가 넘어졌고 소금은 물에 녹아 많은 양이 냇물로 흘러갔다. 다시 일어섰을 때 나귀는 등짐이 훨씬 가벼워진 것을 깨달았다. 하지만 상인은 다시 읍내로 가 소금을 더 준비해 나귀의 등에 있던 소금과 합쳐 싣고 길을 떠났다.

그들은 다시 냇물에 당도했다. 나귀는 일부러 물속에 빠졌다가 전처럼 훨씬 가벼워진 짐을 진 채 일어났다. 주인은 나귀의 잔꾀를 알아차렸다. 그래서 이번에는 많은 양의 솜을 구해 나귀의 등에 쌓아 올렸다. 그들이 시냇물에 도착했을 때 나귀는 다시 물속에 누웠다. 하지만 솜이 많은 양의 물을 빨아들였기 때문에 나귀의 짐은 전보다 훨씬 더 무거워졌다.

*좋은 수법은 너무 자주 쓰면 안 된다.

69
허풍쟁이 여행자

한 남자가 타국 땅으로 여행을 다녔다. 그리고 고국으로 돌아왔을 때에는 여러 경험을 겪은 후였다. 특히 로데스라는 곳에서 열린 높이뛰기 대회에 나갔을 때 자신이 사람들보다 훨씬 잘했다는 이야기는 그의 최고 자랑거리였다.

"로데스에 가서 사람들에게 물어봐요. 모두 내 말이 사실이라고 증명해 줄 겁니다."

그가 말했다. 그 말을 듣고 있던 사람 중 한 명이 이렇게 말했다.

"당신이 그렇게 높이뛰기를 잘한다면 그걸 증명하기 위해 우리가 로데스까지 갈 필요가 뭐 있습니까? 잠시 여기가 로데스라고 칩시다. 자, 어디 여기서 한번 뛰어 보시죠!"

*말보단 행동이다.

70
프로메테우스와 인간 창조

프로메테우스는 제우스의 명령으로 인간과 그 밖의 다른 동물을 창조하기 시작했다. 그중 인간은 다른 동물과 달리 유일하게 이성을 가진 피조물이었다. 그런데 인간이 다른 짐승들보다 훨씬 적게 만들어졌다. 제우스는 짐승의 얼마를 인간으로 변화시켜 수적 균형을 잡으라고 명령했다. 프로메테우스는 명령에 따랐다. 어떤 이들이 인간의 탈을 쓰고 짐승 같은 짓을 하게 된 이유가 바로 이것이다.

71
게와 어미 게

늙은 엄마 게가 아들에게 이렇게 말했다.

"아들아, 넌 왜 그렇게 옆으로 걷느냐? 똑바로 좀 걸어 보렴."

"엄마, 어떻게 하는지 방법을 보여 주세요. 엄마를 보고 따라 해 볼게요."

아들 게가 대답했다. 늙은 엄마 게는 계속 노력했지만 결국 똑바로 걷지 못했다. 엄마 게는 이제야 자식을 나무란 것이 얼마나 바보 같은 행동이었는지 깨달았다.

*시범이 훈계보다 낫다.

72

나귀와 구매자

한 남자가 나귀를 사기 위해 시장을 찾았다. 그리고 적당해 보이는 나귀를 발견했다. 그는 이 나귀가 좋은 나귀인지 판단하기 위해 일단 나귀를 자신의 집으로 데려가 보기로 주인과 합의했다.

구매자는 집에 도착하자 나귀를 다른 나귀와 함께 외양간에 넣었다. 새로 온 나귀는 주위를 한번 둘러보더니 망설임 없이 외양간에서 가장 게으르고 욕심 많은 나귀의 옆으로 걸어가 자리를 잡았다. 구매자는 이 모습을 보고 그 나귀에게 다시 굴레를 채워 주인에게 되돌려 보냈다.

주인은 나귀가 그렇게 빨리 돌아온 것을 보고 놀라 물었다.

"아니, 당신은 이 나귀를 벌써 시험해 보셨습니까?"

"시험은 충분히 했습니다. 그놈이 선택하는 친구를 보면 녀석이 어떤 놈인지 알 수 있는 법이지요."

나귀를 사려던 사람이 말했다.

*사람은 그의 친구를 보면 알 수 있다.

73

농부와 아들들

한 농부가 있었다. 이 농부는 죽기 전에 매우 중요한 사실을 털어놓기 위해 아들들을 가까이 불러 이렇게 말했다.

"애들아, 나는 곧 죽는다. 죽기 전에 우리 포도밭에 보물이 숨겨져 있다는 것을 너희에게 알려 주려고 한다. 포도밭에서 그것을 찾도록 해라."

아버지는 곧 죽었다. 아들들은 삽과 쇠스랑을 들고 보물을 찾아 땅을 여러 번 갈아엎으며 샅샅이 뒤졌다. 하지만 끝내 보물은 찾을 수 없었다. 놀라운 사실은 그들이 열심히 흙을 갈아엎은 덕에 포도밭에서 전보다 훨씬 품질이 좋은 포도가 풍성히 열렸다는 것이다.

74
여행자와 행운

한 여행자가 있었다. 긴 여행을 마친 후 피곤에 지친 그는 우물 곁에 쓰러져 잠이 들었다. 그는 자다가 우물에 거의 빠질 뻔했다. 그때 행운의 여신이 나타나 그의 어깨를 치며 우물에서 멀리 떨어지라고 경고했다.

"선한 자여, 어서 일어나세요. 당신이 우물로 떨어진다면 사람들은 당신의 잘못을 탓하지 않고 운을 주관하는 행운의 여신, 바로 나의 잘못이라며 비난할 테니까요."

75
늑대와 여우와 원숭이

늑대 한 마리가 여우를 도둑이라고 몰아 고소를 했다. 하지만 여우는 자신의 죄를 계속 부인했다. 그들은 재판을 받기 위해 기소장을 작성하여 원숭이에게 제출했다. 원숭이 재판관은 양편의 증거를 청취한 다음 이와 같이 판결을 내렸다.

"늑대 씨, 당신이 잃어버렸다고 주장하는 것이 진실이라고 판단할 수 없습니다. 여우 씨 또한 아무리 부인한다 해도 절도죄에 해당한다고 판단됩니다."

*정직하지 못한 자가 아무리 정직하게 행동해도 신뢰받지 못한다.

A. RACKHAM · 1912

76
소년과 쐐기풀

한 소년이 울타리 근처에서 딸기를 따다가 쐐기풀에 손을 찔렸다. 소년은 아파하며 어머니에게 달려가 말했다.

"엄마, 난 살짝만 건드렸을 뿐인데요."

어머니가 대답했다.

"얘야, 바로 그래서 찔린 거야. 아마 네가 그 풀을 힘껏 잡았더라면 다치지는 않았을 게다."

77
사냥꾼과 나무꾼

한 사냥꾼이 숲 속에서 사자의 발자국을 찾고 있었다. 잠시 후 그는 나무 베는 일에 열중한 나무꾼을 발견하고 그에게 다가갔다. 주변에서 사자의 발자국을 보았는지 그리고 혹시 사자 굴이 어디 있는지 알고 있냐고 물었다.

"따라오세요, 사자를 직접 보여 드리죠."

나무꾼이 대답했다. 그러자 사냥꾼은 겁에 질려 얼굴이 새하얗게 변했고 이까지 덜덜 떨며 이렇게 대답했다.

"앗! 고, 고맙지만 나는 사자를 찾는 건 아니고 그저 사자의 발자국을 찾고 있을 뿐입니다."

78

꾀꼬리와 매

꾀꼬리 한 마리가 참나무의 잔가지에 앉아 노래를 부르고 있었다. 잠시 후 굶주린 매가 꾀꼬리를 발견하고 돌진해 발톱으로 붙잡았다. 잡아먹으려는 순간 꾀꼬리가 매에게 살려 달라고 애원하며 이렇게 말했다.

"저는 너무 작아서 아저씨의 식사로는 부족해요. 더 큰 새를 찾아보시는 게 어때요?"

꾀꼬리의 이런 간절한 부탁에 매는 비웃는 눈으로 꾀꼬리를 훑어보며 이렇게 말했다.

"현재 있을지 없을지 확실치도 않은 기회 때문에 이렇게 확실한 먹잇감을 내가 포기할 거라고 기대하다니 너도 참 바보 같구나!"

79

사악한 남자와 신탁

사악한 마음을 품은 남자가 자신의 질문에 틀린 답을 얻어 냄으로써 델포이(*아폴론의 신전이 있던 고대 도시.)의 신탁(*신이 사람을 통하여 자신의 뜻을 나타내거나 인간의 물음에 답을 주는 일.)이 믿을 만하지 못하다는 것을 증명하겠다고 큰소리쳤다. 그리고 신에게 알현을 청했다.

약속한 날이 되어 악당은 자신의 외투 속에 작은 새를 감추고 사원으로 올라갔다. 그리고 갖고 온 새가 살았는지 죽었는지를 물었다. 만일 식탁이 '죽었다'라고 답하면 그는 살아 있는 새를 내놓을 참이었고 '살았다'라고 답하면 새의 목을 졸라 죽은 새라고 할 참이었다. 하지만 남자는 너무나 당혹스러운 신탁을 받았다.

"낯선 자여, 자네의 손에 들고 잇는 것이 살았는지 죽었는지 하는 문제는 전적으로 자네 의지에 달린 문제이다."

80
램프

기름이 가득 담긴 램프가 맑은 빛을 내며 타고 있었다. 그는 자신이 태양보다 더 밝게 빛난다는 자만심과 자랑으로 들떠 있었다. 이때 바람 한 점이 불어와 램프의 불을 꺼뜨렸다. 사람이 다가와 성냥을 그어 다시 불을 붙여 주며 이렇게 말했다.

"너는 그냥 불이나 밝혀. 네가 태양을 왜 신경 쓰냐? 봐라, 넌 지금 다시 불을 붙여 줘야 하지만 저 별은 다시 불을 붙여 줄 필요가 없는 존재야."

81
제우스와 원숭이

어느 날 제우스가 가장 아름다운 새끼를 낳는 짐승에게 상을 주겠다고 선포했다. 이 경합에 참가한 짐승 중에는 원숭이도 있었다. 그 원숭이는 털도 없고 코도 납작한 작고 못생긴 아기 원숭이를 안고 나타났다. 그것을 본 여러 신이 모두 크게 웃었다. 하지만 엄마 원숭이는 아기 원숭이를 꼭 껴안은 채 이렇게 말했다.

"제우스님께서는 마음에 드는 누구에게든 상을 주셔도 전 상관없습니다. 저는 제 아기가 모든 아기 중에서 가장 아름다운 아기라고 항상 생각할 테니까요."

82

농부와 행운의 여신

어느 날 농부가 밭에서 쟁기질을 하던 도중 금화가 담긴 항아리 하나를 발견했다. 그는 그것을 발견하고 너무 기쁜 나머지 그때부터 매일매일 대지의 여신을 섬기는 신전에 조금씩 제물을 헌납했다. 이 사실에 기분이 나빠진 행운의 여신은 농부 앞에 나타나 이렇게 말했다.

"여보세요, 당신은 어째서 내가 하사한 선물을 받고도 그 은공을 대지의 여신에게 돌리는 것이죠? 당신의 행운에 대해 내게 감사하지 않는다니 이해가 안 가는군요. 만약 당신에게 불운이 닥쳐 그동안 얻은 것을 모두 잃게 된다면 그때는 또 그 모든 것을 내 탓으로 돌릴 게 뻔하면서 말이죠."

*감사해야 할 곳을 잘 찾아 감사를 표하라.

83
검둥이

한 사람이 에티오피아 인 노예를 샀다. 여느 에티오피아 인처럼 피부가 검었지만 새 주인은 그 노예가 검은 것이 전 주인을 잘못 만났기 때문이라고 생각했다. 그래서 피부 때를 벗겨 주리라 마음먹고 많은 양의 비누와 더운 물을 준비했다. 그리고 노예의 피부를 문질러 씻겨 주기 시작했지만 효과가 없었다. 그의 피부는 여전히 검었고 이제는 감기까지 들어 죽어 버렸다.

84
목욕하는 소년

한 소년이 강물에서 목욕을 하고 있었다. 그러다가 자신의 키보다 더 깊은 곳에 빠져 죽을 위기에 처했다. 강둑으로 난 길을 따라 걷던 사람이 도와 달라는 소년의 외침을 듣고 강가로 다가왔다. 그러더니 깊은 물에 들어갈 정도로 조심성이 없다며 잔소리를 할 뿐 도통 도와주려 하지 않았다.

소년은 이렇게 소리쳤다.

"오, 아저씨! 야단을 치더라도 제발 저 좀 먼저 구해 주신 다음에 야단쳐 주세요!"

*위기의 상황에는 충고가 아닌 도움을 줘라.

85
아버지와 아들들

한 아버지에게 아들이 여러 명 있었다. 하지만 아들들은 사이가 좋지 않아 항상 다투기 일쑤였고 아버지가 아무리 노력해도 아들들의 우애는 좋아질 기미가 보이지 않았다. 결국 아버지는 그들이 스스로 잘못을 깨우치게 만들기로 결심했는데 방법은 이러했다.

아버지는 아들들에게 막대기를 한 묶음 가져오라고 말한 뒤 한 명씩 차례로 불러 그 다발을 무릎에 대고 꺾어 보라고 말했다. 아들들은 모두 실패했다. 아버지는 이번에 그 다발을 풀어 아들들에게 막대기 하나씩을 나누어 주었고 이번에는 모두 어려움 없이 막대기를 부러뜨렸다. 아버지가 말했다.

"그것 보거라. 너희가 뭉친다면, 너희는 그 누구도 상대할 수 있는 강한 형제가 될 것이다. 하지만 너희가 싸우고 분열한다면, 너희는 약해져서 적에게 당할 수밖에 없다."

*뭉치면 강하다.

86
사자 가죽을 쓴 나귀

나귀 한 마리가 사자의 가죽을 발견하고는 그것을 뒤집어쓰고 짐승을 놀라게 하며 돌아다녔다. 사람이건 동물이건 모두 나귀를 사자로 오해했고 그가 다가오자마자 도망치기 일쑤였다. 이런 장난이 계속해서 성공하자 나귀는 우쭐해져서 큰 소리로 함성을 질렀다. 그때 나귀의 울음소리를 들은 여우가 사자의 정체가 나귀라는 것을 알아차리고 말했다.

"오, 친구야. 너니? 네 목소리를 듣지 않았다면 나도 겁을 좀 먹었을 텐데."

87
나귀와 주인들

한 정원사가 나귀 한 마리를 가지고 있었다. 나귀는 음식도 제대로 못 먹고 무거운 짐을 나르며 항상 매질을 당하는 등 힘든 삶을 살았다. 나귀는 제우스에게 자신을 다른 주인에게 넘겨 달라고 간청했다. 제우스는 정원사가 나귀를 옹기장이에게 팔도록 만들라고 헤르메스에게 명령했다.

정원사는 신을 따랐다. 하지만 그 후에도 나귀는 달라진 것이 없었다. 전보다 더 고된 일을 해야 했기 때문이다.

나귀는 다시 제우스에게 부탁했고 너그러운 제우스는 나귀를 가죽공에게 보내도록 명령했다. 하지만 새 주인의 직업이 무엇인지 알게 되자 나귀는 절망적으로 울부짖었다.

"아무리 힘든 일을 하고 비참한 대우를 받았기로서니 전 주인님들 밑에서 일할 때 왜 만족하지 못했을까? 그분들은 그래도 내가 죽으면 땅에 고이 묻어 주기라도 하셨을 텐데! 이제 나는 결국 저 커다란 가죽 삶는 통으로 들어가겠구나!"

***하인은 나쁜 주인을 만나기 전까지는 좋은 주인을 알아보지 못한다.**

88
늙은 사자

늙고 약해져 더 이상 사냥을 할 수 없게 된 늙은 사자가 꾀를 내어 음식을 얻기로 결심했다. 늙은 사자는 동굴로 들어가 누워 몸이 아픈 척을 했다. 그리고 다른 짐승이 문병을 올 때마다 그 짐승에게 달려들어 잡아먹었다. 이렇게 많은 짐승이 희생당하고 있던 차에 여우 한 마리가 병문안을 왔다. 이미 소문을 들은 여우는 의심을 품은 채 굴 밖에서 사자에게 몸이 괜찮으냐고 큰 소리로 물었다. 사자는 몸이 아주 많이 아프다며 이렇게 말했다.

"너는 왜 밖에 서 있는 게야? 어서 안으로 들어오지."

여우가 대답했다.

"동굴을 향해 들어간 발자국만 있을 뿐, 나온 발자국이 하나도 없는데 어떻게 들어간단 말입니까?"

89
몸이 부푼 여우

배가 고팠던 여우가 속이 빈 나무에서 많은 양의 빵과 고기를 발견했다. 그것은 목동이 나중에 먹기 위해 잠시 넣어 두고 갔던 것이다. 여우는 매우 기뻐하며 나무 구멍 안으로 들어가 그 음식을 모두 먹어 버렸다. 하지만 다시 나오려고 하니 배부르게 먹은 후라 몸이 불어서 구멍을 통해 다시 빠져나올 수 없게 되었다. 우연히 그곳을 지나던 다른 여우가 다가와 무슨 일이냐 물었고 상황을 알게 된 그 여우는 이렇게 말했다.

"친구야, 너는 이전의 몸으로 돌아올 때까지 거기 그렇게 있을 수밖에 없을 것 같아. 아마 소화가 다 되면 쉽게 빠져나올 수 있을 거야."

90
독사와 줄

독사 한 마리가 목수의 작업장에 들어와 연장 하나하나를 때리며 먹을 것을 달라고 구걸했다. 그리고 연장 중 하나인 줄에게 인사하며 음식을 주십사 구걸했다. 줄은 동정과 경멸이 섞인 말투로 대답했다.

"내게서 뭔가 얻을 것이 있다고 상상했다면 넌 틀림없이 바보야. 나는 얻기만 할 뿐 무언가를 주는 짓은 절대 하지 않으니까."

91
독사와 독수리

독수리 한 마리가 독사를 공격했다. 그 와중에 독수리는 독사를 발톱으로 꽉 붙잡고 날아올랐다. 독사는 독수리가 감당 못할 만큼 순식간에 독수리를 칭칭 감아 버렸다. 곧 두 짐승의 필사적인 몸싸움이 시작됐다. 이 장면을 목격한 시골 사람이 독수리를 도우러 왔고 독사에게서 벗어나도록 도와주었다.

독사는 복수를 하기 위해 그 사람의 컵 속에 약간의 독을 뱉어 넣었다. 사람이 컵에 있던 물을 마시려 하자 독수리가 그 잔을 쳐서 떨어뜨렸다. 내용물은 모두 땅에 엎질러졌다.

*하나의 선행은 다른 선행을 받을 자격이 있다.

92

꾀가 많은 사자

사자 한 마리가 초원에서 풀을 뜯는 살찐 황소를 유심히 바라보았다. 그리고 앞으로 먹게 될 진수성찬에 대해 상상하며 군침을 흘렸다. 하지만 사자는 황소의 날카로운 뿔이 무서워 섣불리 공격하지 못했다. 곧 너무 배고픈 나머지 본능이 그에게 무언가를 하라고 강요하기 시작했다. 사자는 폭력이 성공을 보장하지 않는다는 것을 알고 있었기에 계책을 쓰기로 결심하고 황소에게 다정히 다가가 이렇게 말을 건넸다.

"너의 웅장한 모습에 찬사를 보내지 않을 수가 없어. 머리는 멋지고 어깨와 허벅지는 힘이 넘쳐 보여. 한데 멋진 친구여, 대체 그 추한 뿔은 왜 달고 다니는 거야? 보기에 흉하고 네겐 너무 안 어울려. 너는 그것만 없으면 훨씬 멋질 텐데!"

결국 황소는 사자의 꾐에 넘어가 자신의 뿔을 잘라 버렸다. 자신의 유일한 보호 수단을 제 손으로 없앤 황소는 곧바로 사자의 먹이가 되었다.

93
나귀와 그림자

한 남자가 나귀를 빌려 여행을 떠났다. 나귀 주인도 나귀를 몰기 위해 함께 갔다. 대낮이 되어 햇살이 너무 뜨거워지자 그들은 쉬기 위해 길을 멈췄다. 여행자는 나귀의 그림자 밑에 누워 쉬고 싶었지만 나귀 주인은 그것을 허락하지 않았다. 나귀 주인의 말에 따르면 여행자가 나귀를 빌렸을 뿐 나귀의 그림자는 빌리지 않았다는 것이다.

여행자는 계약상 빌린 사람이 계약 기간 동안 나귀를 마음대로 사용할 수 있는 권한이 있지 않느냐고 반론했다. 이런 말다툼은 몸싸움으로 번졌고 그들이 싸우는 사이 나귀는 멀리 도망쳐 버리고 말았다.

94

벼룩과 인간

벼룩 한 마리가 어떤 사람을 물고 또 물고 또다시 물었다. 그 사람은 더 이상 참을 수가 없어서 자신의 몸을 샅샅이 뒤져 벼룩을 찾아내 잡았다. 그는 벼룩을 엄지와 집게손가락으로 쥐고 난 후 이렇게 말했다. 아니, 외쳤다는 것이 맞겠다.

"이 가증스러운 난쟁이 녀석! 누가 네 맘대로 내 몸에 이런 짓을 하라고 허락했냐?"

"오, 인간님, 제발 저를 놓아주세요. 살려 주세요. 저는 하도 작은 생물이라 인간님께 그렇게 큰 피해가 가지 않아요."

겁을 잔뜩 먹은 벼룩은 작고 힘없는 목소리로 흐느끼듯 말했다.

그 사람은 웃으며 이렇게 대답했다.

"난 너를 지금 당장 죽일 거야. 아무리 작은 피해를 준다고 해도, 나쁜 것은 모두 죽여야 해, 암!"

*악한 것에게는 동정을 주지 마라.

95
산토끼와 사냥개

사냥개 한 마리가 산토끼를 놀래켜 굴 밖으로 나오게 만든 다음 얼마 동안 추격했다. 하지만 추격하면 할수록 산토끼가 점점 더 멀어졌기 때문에 사냥개는 추격을 포기했다. 이 경주를 보고 있던 한 촌사람이 추격에 실패한 채 돌아온 사냥개의 패배를 조롱하며 이렇게 말했다.

"그렇게 작은 녀석한테도 지다니."

사냥개는 이렇게 대답했다.

"글쎄, 먹을 것을 얻으려고 달리는 것과 목숨을 건지기 위해 달리는 것은 상당히 다른 문제니까."

96
갈까마귀와 비둘기들

한 농가의 마당에서 갈까마귀가 몇 마리의 비둘기를 유심히 바라보았다. 갈까마귀는 비둘기들이 좋은 먹이를 얻어먹는 것을 보고 부러워했다. 그래서 그들의 먹이를 먹기 위해 비둘기로 위장하기로 결심했다.

갈까마귀는 머리부터 발끝까지 자신의 몸을 허옇게 칠하고 비둘기 무리 사이로 끼어들었다. 갈까마귀가 조용히 있는 한 그의 정체가 비둘기가 아니라고 의심할 비둘기는 없었다.

어느 날 갈까마귀는 잠시 자신의 상황을 망각한 채 수다를 떨기 시작했다. 비둘기들은 곧바로 그가 비둘기가 아니라는 것을 알아차리고 그를 무참하게 쪼아 댔다. 갈까마귀는 결국 도망쳐 다시 갈까마귀 떼로 합류했다. 하지만 이번에는 갈까마귀들이 하얀 털을 가진 그를 알아보지 못했다. 그래서 자신들과 함께 먹이를 먹는 것을 허락하지 않고 그를 내쫓으려 했다. 갈까마귀는 온갖 노력에도 불구하고 결국 오갈 데 없는 처지가 되고 말았다.

97
농부와 사과나무

한 농부가 정원에 사과나무를 키우고 있었다. 이 나무는 열매는 맺지 않고 고작 참새와 베짱이가 더위를 피하는 휴식처 역할만 할 뿐이었다. 사과나무가 열매를 맺지 않는 것에 실망한 나머지 농부는 나무를 베어 버리기로 결심했다. 이것을 본 참새와 베짱이들은 나무를 그대로 남겨 놓아 달라고 애원했다.

"아저씨가 이 나무를 없애시면 우리는 다른 쉼터를 찾아야 하고, 아저씨도 밭에서 일할 때 우리의 즐거운 노랫소리를 듣지 못하니 심심하실 거예요."

하지만 농부는 이 말을 무시하고 나무를 자르겠다며 작업을 시작했다. 농부가 나무에 몇 번의 도끼질을 가하자 나무의 텅 빈 줄기 속에서 한 떼의 벌과 많은 양의 꿀이 나타났다. 뜻밖의 횡재에 기쁨을 감출 수 없던 농부가 도끼를 던져 버리며 말했다.

"어쨌든 고목도 쓸모가 있단 말이지."

*인간이 무언가에 가치를 매기는 척도는 쓸모가 있느냐 없느냐이다.

98
노새

먹이는 많은데 할 일은 하나도 없는 노새 한 마리가 있었다. 그는 어느 날 아침 자신이 너무 멋진 놈이라 착각하고 뛰어다니며 말했다.

"우리 아버지는 필시 기지 넘치는 말이었을 거야. 내가 아버지를 그대로 닮았지!"

얼마 후 그는 몸에 마구가 채워진 채 무거운 짐을 끌고 먼 길을 가게 되었다. 날이 저물자 평소와는 다르게 힘든 일을 하여 기진맥진해 버린 노새가 풀이 죽어 이렇게 중얼거렸다.

"내가 아버지에 대해 잘못 알고 있었던 거야. 우리 아버지도 그저 나귀에 불과했을 테지."

99
왕을 바라는 개구리들

개구리들이 자신들을 다스릴 왕이 없다는 것 때문에 불만에 차 있던 시대가 있었다. 그래서 그들은 제우스에게 대표단을 보내 왕을 내려 달라고 요청했다. 개구리들의 우둔한 요청을 멸시한 제우스는 그들이 사는 연못 안으로 통나무 하나를 던져 주고 그것이 왕이 될 것이라고 말했다.

처음에 개구리들은 그것이 물에 빠지는 소리를 듣고 매우 놀라 연못의 가장 깊은 곳으로 달아났다. 곧 그 통나무가 전혀 움직이지 않는다는 것을 깨닫고 하나둘씩 용기를 내 물 위로 고개

를 내밀었다. 시간이 지나자 개구리들은 더욱 대담해져서 통나무를 얕잡아 보고 그 위에 올라타 앉기 시작했다.

이런 왕은 자신들의 위신에 대한 모독이라고 여긴 개구리들은 제우스에게 다시 대표단을 보내 게으른 왕을 치우고 더 훌륭한 왕을 보내 달라고 요청했다. 개구리들이 계속 귀찮게 하여 화가 난 제우스는 그들의 지도자로 황새를 보내 주었다. 황새는 도착하자마자 빠른 속도로 개구리를 잡아먹기 시작했다.

100
소년과 개암 열매

한 소년이 개암 열매가 든 병 안으로 손을 집어넣어 최대한 많은 열매를 움켜잡았다. 하지만 그러고 나니 손을 다시 꺼낼 수가 없었다. 병목이 너무 좁아 열매를 많이 쥔 손은 통과할 수 없었기 때문이다. 열매를 놓기는 싫고 손도 뺄 수 없게 된 소년은 울음을 터뜨렸다. 상황을 알게 된 지나가던 사람이 소년에게 말했다.

"얘야, 그렇게 욕심을 부려선 안 된다. 반으로 만족한다면 어렵지 않게 손을 뺄 수 있을 거야."

*한 번에 너무 많은 것을 시도하지 마라.

101
소와 백정들

옛날에 소들은 백정들이 인간이라는 지위를 이용해 자신을 죽이는 것에 대해 복수하기로 결심했다. 그리고 날을 정해 그들을 없애기로 음모를 꾸몄다. 소들이 모여서 그 계획을 실행할 방법을 논의했다. 좀 더 사나운 소들은 자신의 뿔을 날카롭게 갈며 싸움을 준비했다. 그때 한 늙은 소가 나타나더니 이렇게 말했다.

"형제들이여. 너희가 백정을 미워한다는 것은 나도 안다. 하지만 그들도 자신의 직업이 그것일 뿐이고, 최대한 우리에게 고통을 주지 않으며 자신의 몫을 해내고 있는 것이다. 하지만 우리가 그들을 죽이게 되면 경험 없는 다른 인간이 우리를 도살할 것이다. 그들은 아무 기술도 없이 우리를 죽일 것이고 우리에게 큰 고통을 줄 것이다. 다시 말하면, 우리가 백정을 모두 죽인다고 해도 인간이 소고기를 안 먹지는 않을 터이니 결국 그렇게 될 것이란 말이다. 그렇지 않겠느냐?"

102
집 나귀와 야생 나귀

할 일이 없어 이리저리 어슬렁거리던 야생 나귀가 햇빛이 잘 드는 곳에 드러누워 좋은 시간을 보내고 있던 집 나귀를 발견했다. 야생 나귀는 집 나귀에게 다가가 이렇게 말했다.

"너는 참 운수 대통했구나! 네 윤기 나는 가죽이 네가 얼마나 편안하게 사는지 알려 주고 있으니까. 부럽다!"

얼마 후 야생 나귀는 그 친구를 다시 만났다. 집 나귀는 무거운 짐을 졌고 주인이 뒤에서 굵은 막대기로 때리고 있었다.

야생 나귀는 이렇게 말했다.

"아, 친구여. 이제 난 너를 부러워하지 않을 거야. 너는 네가 누리는 편안한 삶에 대한 대가를 치르고 있으니까."

*비싼 값을 치르고 얻은 이익은 의심스러운 축복이다.

103
멧돼지와 여우

멧돼지가 숲 속에서 나무 몸통에 대고 어금니를 갈고 있었다. 그때 여우가 지나다가 멧돼지의 행동을 보고 이렇게 말했다.

"이봐요, 지금 뭐하는 거예요? 오늘은 사냥꾼도 나오지 않았고 내가 볼 때 주변에 다른 위험도 없는데요."

멧돼지가 말했다.

"맞아. 하지만 내가 위험에 처한다면 내 어금니를 사용할 필요가 생길 거야. 그때는 어금니를 벼릴 시간이 없을 테니까."

104
지붕 위의 새끼 염소

새끼 염소 한 마리가 초가지붕에서 자라고 있는 풀을 비롯해 여러 가지가 궁금한 나머지 헛간 지붕 위로 올라갔다. 그리고 그곳에서 연한 풀을 뜯어 먹으려고 할 때 지붕 밑을 지나가는 늑대를 발견했다. 늑대가 자신이 있는 곳에 닿을 수 없다는 것을 안 새끼 염소는 마음 놓고 늑대를 놀려 댔다. 그 말을 듣고 있던 늑대가 올려다보며 이렇게 말했다.

"그래, 어린 친구야. 계속 말하는 건 네 마음이지. 하지만 지금 나를 조롱하는 건 네가 아니라 네가 서 있는 그 지붕이야."

105
사자와 멧돼지

한여름의 뜨거운 열기 때문에 갈증이 심하게 나는 날이었다. 사자와 멧돼지가 물을 마시려고 작은 샘을 찾았다. 그들은 누가 먼저 물을 마셔야 하느냐를 두고 말다툼을 벌였고 곧 몸싸움으로 번져 서로 맹렬하게 공격했다.

잠시 숨을 고르기 위해 싸움을 멈췄을 때 그들은 저쪽 바위에 대머리독수리 몇 마리가 앉아 있는 것을 보았다. 독수리들은 사자와 멧돼지 둘 중 하나가 죽기를 기다렸다가 내려와 시체를 먹으려 할 것이었다. 두 동물은 그것을 깨닫자 정신을 차리고 싸움을 멈췄다. 그리고 이렇게 말했다.

"싸우다 저 대머리독수리의 먹잇감이 되느니 우리가 친구가 되는 편이 훨씬 낫겠어."

106

사람과 사자

사람과 사자가 함께 여행을 떠났다. 그들은 대화를 나누다가 자신의 싸움 실력이 더 낫다고 자랑하기 시작했다. 그리고 서로 자신의 힘과 용기가 상대방보다 더 낫다고 우겼다.

그들은 열심히 논쟁을 벌이며 한 교차로에 도달했다. 그곳에는 사람이 사자의 목을 졸라 죽이는 동상이 있었다. 사람이 의기양양해져서 이렇게 말했다.

"저것 좀 보라구. 우리가 너희보다 강하다는 것을 입증하고 있잖아?"

사자는 이렇게 대답했다.

"이봐, 섣불리 판단하지 마. 저건 단지 인간의 관점에서 본 거야. 우리 사자가 동상을 만들 수 있다면 분명히 인간이 사자 밑에 깔려 있는 모습으로 만들었을 거야."

*모든 문제에는 양면성이 있다.

107
여우와 황새

어느 날 여우가 황새를 저녁에 초대했다. 하지만 식사로 나온 것은 크고 납작한 접시에 담긴 죽뿐이었다. 여우는 그것을 맛나게 핥아 먹었지만 긴 부리를 가진 황새는 맛있는 죽을 먹을 수가 없었다. 여우는 황새의 난처함에 통쾌함을 느꼈다.

얼마 후 이번에는 황새가 여우를 초대했다. 그는 여우에게 목이 길고 좁은 호리병을 대접했다. 물론 황새는 자신의 부리를 이용해 쉽게 호리병 속에 담긴 음식을 먹을 수 있었다. 하지만 황새가 만찬을 즐기는 동안 여우는 배고픔을 참으며 구경만 할 수밖에 없었다. 여우로선 그런 그릇에 담긴 음식을 먹는다는 것이 불가능했기 때문이었다.

108
꼬리 없는 여우

여우 한 마리가 덫에 걸렸다가 힘겨운 노력 끝에 겨우 빠져나왔다. 하지만 그만 꼬리를 잃고 말았다. 너무 창피했던 여우는 다른 여우들도 자기처럼 꼬리를 없애도록 만들어 이 창피함을 무마해야겠다고 생각했다. 그 여우는 다른 여우 친구들을 불러 모아 회의를 열고 그들에게 꼬리를 자르라고 설득했다.

"어쨌든 꼬리는 흉측하잖아. 또 어찌나 무거운지, 그걸 계속 달고 여기저기 다니는 것은 정말 쓸데없는 짓이지 않겠어?"

그때 한 여우가 이렇게 말했다.

"친구야, 네가 꼬리를 잃지 않았다면 우리에게 꼬리를 자르라고 그렇게 열심히 설득하진 않았겠지."

109
나귀와 늑대

나귀 한 마리가 초원에서 풀을 뜯어 먹고 있는데 멀리서 자신의 적인 늑대를 발견했다. 나귀는 얼른 일부러 고통스러운 듯 절룩거리며 걷기 시작했고 늑대가 다가와 왜 발을 저느냐고 물었다. 나귀는 울타리를 통과하다 가시덩굴을 밟았으니 이빨로 그 가시를 빼 달라고 늑대에게 부탁했다.

"혹시 당신이 나를 잡아먹는다면 이 가시가 당신의 목을 찔러 크게 다치실 테니까요."

늑대는 그렇게 해 주겠다고 대답했다. 그리고 나귀에게 발을 들어 보라 이르고 그 가시를 빼기 위해 온 정신을 쏟았다. 그때 나귀가 갑자기 뒷발을 올려 늑대 입을 세게 내려쳤다. 그렇게 늑대 이빨을 부러뜨리고 전속력으로 도망쳤다. 늑대가 겨우 입을 열 수 있게 되자 으르렁거리며 스스로에게 이렇게 말했다.

"당해도 싸지. 아버지가 내게 죽이는 것을 가르치셨으니 내 역할에만 충실했어야 하거늘. 누군가를 치료하는 것 따위는 생각도 않고 말이지."

110
모기와 황소

모기 한 마리가 황소의 한쪽 뿔 위에 앉았다. 오래도록 그렇게 앉아 있다가 충분히 휴식을 취했는지 모기가 날아가려고 몸을 일으켰다. 그러면서 황소에게 이렇게 물었다.

"이제 난 갈게, 괜찮지?"

황소는 눈을 치켜뜨며 시큰둥하게 대답했다.

"나는 상관없어. 네가 오는지도 몰랐고, 언제 가는지도 모르지."

*다른 사람이 판단한 것보다 스스로를 더 중요한 인물이라 착각하기 쉽다.

111
새끼 사슴과 그의 어머니

이제 다 커서 몸이 튼튼해진 새끼에게 암사슴이 말했다.

"아들아, 자연의 여신이 너에게 강한 신체와 견고한 한 쌍의 뿔을 주셨건만 너는 왜 사냥개만 보고도 겁쟁이처럼 달아나는지 모르겠다."

그때 그들은 한 떼의 사냥개가 달려오는 소리를 들었다. 아직 사냥개는 멀리 있는 것 같았다. 암사슴이 새끼에게 이렇게 말했다.

"넌 지금 여기에 그대로 있어. 내 걱정은 말아라."

그리고 암사슴은 있는 힘껏 달려 달아났다.

112

독수리와 포획자

한 남자가 독수리를 잡아 날개를 자르고 닭과 함께 닭장 속에 넣어 두었다. 독수리는 닭장 안 구석에서 고독하고 낙담한 표정을 지으며 우울한 듯 느리게 왔다 갔다 했다. 얼마 후 포획자가 독수리를 이웃에게 팔았고 그 사람은 독수리를 집으로 가져가 날개가 다시 자라도록 내버려 두었다. 독수리가 날개를 다시 사용할 수 있게 되자 산토끼 한 마리를 잡아 와 은혜에 보답했다. 한 여우가 이것을 보고 독수리에게 이렇게 말했다.

"네 선물을 그 사람에게 주지 마. 널 처음 잡았던 사람에게 선물을 주고 그와 친구가 되는 게 더 좋을 거야. 그러면 그는 두 번 다시 너를 붙잡아 날개를 자르지 않을 테니까."

113
인간과 사티로스

한 사람이 사티로스(*그리스 신화에 나오는 반은 사람이고 반은 짐승인 괴물.)와 친구가 되어 함께 살기로 마음먹었다. 처음 얼마간은 모든 것이 순조로웠다. 하지만 어느 겨울날 사티로스가 사람이 손을 호호 부는 것을 발견하고 이렇게 물었다.

"왜 그렇게 하는 겁니까?"

"손을 따뜻하게 만드는 겁니다."

사람이 대답했다.

또 다른 날 그들이 함께 저녁을 먹으려고 자리에 앉았는데 김

이 나는 뜨거운 오트밀 죽이 담긴 대접을 각각 들고 있었다. 사람은 자신의 대접을 들어 입 앞에 대고 호호 불었다.

"왜 그렇게 하는 겁니까?"

사티로스가 물었다.

"죽을 식히는 겁니다."

사람이 대답했다.

이 말을 들은 사티로스가 식탁에서 일어나며 이렇게 말했다.

"잘 있어요. 난 떠납니다. 같은 입김으로 뜨거운 것과 찬 것을 호호 부는 인간하고는 친구가 될 수 없을 것 같군요."

114
말벌과 뱀

말벌 한 마리가 뱀의 머리 위에 앉아 몇 번 쏘았다. 그뿐만 아니라 뱀 머리에 매달려 떨어질 줄 몰랐다. 뱀은 아파서 참을 수 없었다. 말벌을 죽이기 위해 짜낼 수 있는 모든 방법을 써 봤지만 번번이 실패했다. 결국 뱀이 절망적으로 소리쳤다.

"내가 죽는 한이 있더라도 너를 죽이고 말 거야!"

뱀은 말벌이 앉아 있는 자신의 머리를 지나가는 마차 바퀴 밑에 들이밀었다. 그리고 함께 죽었다.

115
양과 늑대와 수사슴

한 수사슴이 양에게 다가가 친구인 늑대가 보증을 서 줄 테니 밀을 꾸어 달라고 부탁했다. 하지만 양은 두 짐승이 자신을 속이는 것이 아닐까 의심해 거절하며 이렇게 말했다.

"늑대는 원하는 것이면 그냥 빼앗은 다음 값을 지불하지 않기로 유명하지. 너도 나보다 훨씬 빨리 뛸 수 있잖아. 돈을 받을 날이 왔다고 해도 내가 너희를 어떻게 잡을 수 있겠니?"

*검은색 두 개가 모인다고 흰색이 되지 않는다.

116
헤르메스와 상인

제우스가 인간을 창조할 때였다. 제우스는 헤르메스에게 거짓말 약을 만들어 두었다가 상인을 창조할 때 조금만 첨가하라고 명령했다. 헤르메스는 제우스의 말대로 양초 판매원과 채소 장수와 잡화상 등을 창조할 때 같은 양을 조금씩 주입했다. 그런데 맨 마지막으로 말 상인을 창조할 때 헤르메스는 약이 너무 많이 남은 것을 발견했다. 그래서 하는 수 없이 남은 것을 모두 말 상인에게 넣어 버렸다. 이것이 모든 상인들이 거짓말을 하게 된 이유이고 그중 말 상인이 가장 많이 하는 이유이다.

117

연못가의 수사슴

목마른 수사슴이 물을 마시기 위해 연못으로 갔다. 그런데 사슴이 물을 마시려고 몸을 굽혔을 때 수면 위로 반사된 자신의 멋지게 뻗은 뿔에 그만 반하고 말았다. 동시에 자신의 얇고 약한 다리를 보고 크게 실망했다. 이렇게 자신의 모습을 바라보고 있는 동안 사슴은 사자의 눈에 띄어 공격을 받았다. 사슴은 자신을 쫓아오던 사자를 겨우 따돌렸다. 하지만 그것은 나무가 없는 넓게 트인 곳까지지였다. 사슴이 숲에 다다랐을 때 뿔이 나뭇가지에 걸리는 바람에 사자의 희생물이 되었다.

사슴은 마지막으로 이렇게 울부짖었다.

"아, 슬프도다! 내 생명을 구할 수 있는 다리를 그렇게 멸시하고 나를 파멸시킨 이 뿔만 자랑스러워 했구나!"

*가장 가치 있는 것을 가장 하찮게 여기는 경우가 많다.

118

난파당한 사람과 바다

배가 난파하여 사람 한 명이 바닷가로 밀려왔다. 그는 파도와 투쟁한 뒤여서 곧바로 잠이 들었다가 한참 후에 깨어났다. 평온한 웃음으로 인간을 끌어들였다가 막상 배가 출항하면 분노를 터뜨리며 배와 선원을 파멸로 이끈 바다에게 그는 큰 소리로 원망을 퍼부었다.

바다는 여인의 형태로 나타나 이렇게 말했다.

"선원이여, 나를 비난하지 말아요. 나는 본래 육지와 같이 잔잔하고 안전한 곳이랍니다. 하지만 바람이 강풍과 돌풍으로 나를 공격하고 채찍질하는 바람에 내 본래 성격과는 상관없이 분노를 터뜨리게 된 거예요."

119
사람과 말과 황소와 개

어느 겨울 무서운 태풍이 불었다. 말과 황소와 개가 사람의 집을 찾아와 태풍이 지날 때까지 몸을 피할 수 있게 해 달라고 부탁했다. 사람은 선뜻 허락했다. 또한 그들의 몸이 젖어 심하게 추워했기 때문에 따뜻하고 편안할 수 있도록 불을 피웠다. 말 앞에는 귀리를 놓아 주고 황소에게는 건초를 주었으며 개에게는 식탁에 있던 남은 음식을 먹였다.

폭풍이 멎자 그들은 떠나기로 했다. 그리고 각자 자신의 방법으로 감사함을 표시하기로 했다. 사람의 생애를 세 시기로 나누어 각 시기에 각자가 소유한 특성을 선물하기로 했다.

말이 청년기를 맡았다. 그래서 젊은이는 언제나 활기차고 열정적이다. 황소는 중년기를 맡았다. 그래서 중년기의 사람은 꾸준히 그리고 열심히 일할 능력을 갖게 된 것이다. 개는 노년기를 맡았다. 이런 이유로 늙은 사람은 성질이 까다롭고 신경질적이며 사람들에게 잘 투덜댔다. 동시에 자신의 안위를 돌봐 주는 사람에게는 한없이 관대하고 그들을 잘 따르게 되었다.

120

생쥐와 족제비들

생쥐와 족제비 사이에 전쟁이 빈번했다. 하지만 생쥐들은 항상 패배했고 많은 생쥐가 족제비들에게 죽임을 당했다. 그래서 생쥐들은 회의를 소집했고 한 늙은 쥐가 일어나 말했다.

"우리가 항상 패배하는 것은 당연하다. 우리는 들판에서 전투를 계획하고 지도할 장군이 없지 않은가."

생쥐들은 이 충고에 따라 가장 체격이 좋은 생쥐를 장군으로 선출하고 일반 병사와 구별하기 위해 큰 짚으로 만든 깃이 달린 모자를 주었다. 승리를 확신한 생쥐들은 전쟁터로 나갔다. 하지만 그들은 이번에도 전쟁에서 지고 말았다. 그들은 서로 앞다퉈 굴로 되돌아왔다. 모두 안전하게 돌아왔지만 장군 쥐들은 모자 때문에 미처 굴로 들어가지 못한 채 쫓아오던 족제비에게 희생되었다.

*높은 자리에는 그에 따른 어려움이 주어진다.

121
공작새와 헤라

공작새는 꾀꼬리와 같이 아름다운 목소리를 갖지 못해 불만이 많았다. 그래서 헤라를 찾아가 불평을 토로했다.

"꾀꼬리의 노래는 모든 새가 부러워하지만, 저는 울 때마다 다른 새들의 웃음거리가 되지요."

여신은 공작새를 달래려고 노력했다.

"네가 노래를 잘 못하는 건 사실이지만 너의 아름다움은 그 어느 새도 비할 데가 없지 않느냐? 네 목은 에메랄드 빛으로 반짝이고 꼬리는 오색찬란한 색으로 화려하게 수놓아져 있으니 말이다."

하지만 공작새는 쉽게 포기하지 못하고 이렇게 되물었다.

"이런 목소리를 가진 채 예쁘기만 해서 무슨 소용이랍니까?"

그러자 헤라가 엄한 목소리로 대답했다.

"운명의 여신은 모두에게 운명대로 선물을 나눠 주었어. 네게는 아름다움을, 독수리는 힘을, 꾀꼬리에게는 노래를 그리고 다른 모든 새도 마찬가지야. 그런데 왜 너만 유독 이렇게 불만이 많은 게냐? 다시는 불평하지 말거라. 넌 지금 원하는 것을 얻으면 다른 불만거리를 말하며 또다시 나를 찾아오겠지."

122
황소와 개구리

작은 개구리 두 마리가 연못 가장자리에서 놀고 있는데 황소 한 마리가 물을 마시기 위해 다가왔다. 황소는 실수로 개구리 한 마리를 밟아 죽였다. 엄마 개구리가 형 개구리한테 동생은 어디 갔냐고 묻자 형 개구리가 대답했다.

"엄마, 동생은 죽었어요. 오늘 아침에 네발 달린 엄청 큰 동물이 연못으로 다가와 그 애를 밟아 버렸어요."

"엄청 큰 동물? 그 동물이 이만큼 컸니?"

엄마 개구리는 몸을 크게 만들려고 숨을 들이켜 몸을 부풀렸다.

"아뇨, 훨씬 더 컸어요."

작은 개구리가 대답했다. 엄마 개구리는 몸을 더욱 부풀리고 다시 물었다.

"이만큼 컸니?"

"아뇨, 아뇨. 그것보다 훨씬 더 컸어요."

작은 개구리가 대답했다. 엄마 개구리는 이미 몸을 너무 부풀린 나머지 공처럼 둥글게 된 상태였다.

"그럼 이만큼 크……."

엄마 개구리는 이렇게 말하다 배가 터져 버리고 말았다.

123
인간과 목상

가난한 사람이 나무로 깎은 신 조각상을 가지고 있었다. 그 사람은 날마다 목상을 앞에 놓고 부자가 되게 해 달라고 기도했다. 이렇게 기도한 지 꽤 오래됐지만 그는 여전히 가난했다. 결국 지겨워진 그는 목상을 집어 들어 벽에다 힘껏 던져 버렸고 목상의 머리가 깨져 버렸다. 그런데 그곳에서 금화가 쏟아져 나온 것이 아닌가? 그는 금화를 허겁지겁 담으며 이렇게 외쳤다.

"이런 늙은 사기꾼 같으니라고! 내가 예를 갖춰 모실 때는 무시하더니 모욕과 폭력으로 대하니까 나를 부자로 만들어 주는구나!"

124
두 병사와 강도

함께 여행하던 두 병사가 강도의 습격을 받았다. 그중 하나는 도망가 버렸지만 한 병사는 도망치지 않고 칼을 사방으로 휘두르며 버텼다. 그래서 그 강도는 병사를 그대로 둔 채 도주했다. 강도가 사라지자 겁 많은 병사가 뛰어 돌아와 무기를 휘두르며 당찬 목소리로 이렇게 소리쳤다.

"그 녀석, 어디 갔어? 내가 가서 잡아 오지! 감히 누구를 해치려고!"

이 말을 듣던 다른 병사가 이렇게 말했다.

"동지, 자네는 조금 늦었네. 방금 전 자네가 말뿐이라도 나를 응원해 주었더라면 나는 더 용기를 낼 수 있었겠지. 자, 이제 진정하고 칼을 집어넣어. 이제 사용할 데가 없어. 남들은 자네가 용감한 군인이라고 속을지 몰라도 위험이 닥치자마자 산토끼처럼 달아난 것을 나는 알고 있어."

125
헤르메스와 개미에게 물린 사람

선원을 가득 실은 배 한 척이 침몰하는 것을 본 한 사람이 신은 불공평하다며 비판했다.

"신은 인간 하나하나의 본질을 전혀 고려하지 않는 것 같군. 착한 사람과 악한 사람이 모두 함께 죽게 만들다니."

그런데 그 사람이 서 있는 곳 가까이에 개미집이 있었다. 그가 말하는 동안 개미 한 마리가 발을 물었다. 그는 화가 나서 자신을 물지 않은 수백 마리의 개미를 밟아 죽여 버렸다. 헤르메스가 나타나 지팡이로 그를 세게 내리치며 이렇게 말했다.

"이런 못난 인간 같으니라구! 방금 네가 말한 그 공정함은 대체 어디 갔느냐?"

126
늑대와 개들

옛날에 늑대가 개들에게 말했다.

"우리가 이렇게 계속 적대적인 게 이상하지 않아? 너희와 우리는 여러 면에서 굉장히 닮았잖아. 우리의 차이는 그저 누가 훈련이 되고 덜 되었는지 뿐인걸. 우리는 자유로운 삶을 영위하지만 너희는 인간에게 종속되어 있지. 인간은 너희를 때리고 목에 사슬을 채우고 양과 소를 감시하라고 명령하지. 너희에게 먹을 것이라곤 뼈다귀밖에 안 주잖아? 더는 그런 대우를 참지 말고 우리에게 양 떼를 넘기는 게 어때? 그리고 함께 이 풍요로운 땅 위에서 잔치를 벌이며 살자."

순진한 개들이 이 말에 설득되어 늑대를 따라 늑대 굴로 들어갔다. 하지만 개들이 굴 안으로 깊이 들어오자마자 늑대들은 그들에게 달려들어 잡아먹었다.

*배신자는 혹독한 죗값을 치른다.

127

여우와 사자

사자를 한 번도 본 적이 없는 여우가 어느 날 사자를 만났다. 사자를 보자마자 너무 무서워 죽을 지경이었다. 얼마 후 여우는 사자를 다시 만났는데 여전히 무섭긴 했지만 처음 만났을 때만큼은 아니었다. 그리고 사자를 세 번째로 만났을 때는 전혀 무섭지 않아서 사자에게 다가가 마치 오랫동안 알고 지냈던 사이처럼 말을 걸었다.

128
세 장사꾼

한 도시의 시민들이 안전을 위해 요새를 지을 계획을 세우고 있었다. 그 과정에서 건축에 사용할 가장 좋은 자재가 무엇인가에 관한 논쟁이 벌어졌다. 한 목수가 자리에서 일어나 목재를 써야 한다고 주장했다. 목재가 구하기 쉽고 작업도 용이하다는 이유였다. 그러자 석공이 일어나 목소리를 높였다. 목재는 불에 타기 쉬우니 대신 돌을 사용해야 한다고 주장했다. 이번에는 가죽을 다루는 가죽공이 일어나 이렇게 말했다.

"가죽만 한 것이 없지요."

*인간은 자신의 이익만을 내세운다.

129
허영심 강한 갈까마귀

제우스가 새를 다스리는 왕을 지명할 것이라고 선포한 후 새들에게 자신의 왕좌 앞으로 모일 날짜를 정했다. 제우스는 그날 모인 새 중 가장 아름다운 새를 왕으로 선출할 것이라고 했다. 새들은 시냇가로 가서 몸을 닦고 깃털을 다듬는 등 분주한 시간을 보냈다.

새 중에는 갈까마귀도 있었다. 하지만 자신의 못난 깃털 때문에 지금 모습으로는 왕이 될 가능성이 없다는 것을 깨달았다. 그래서 갈까마귀는 새들이 모두 떠날 때까지 기다렸다가 그들이 떨어뜨린 화려한 깃털을 모아 자기 몸에 붙였다. 이제 갈까마귀는 그 어느 새보다 더 화려해졌다.

약속한 날이 되자 모든 새가 제우스의 왕좌 앞에 모였다. 그들을 심사하던 제우스가 갈까마귀를 왕으로 지명하려는 순간 모든 새들이 갈까마귀에게 달려들어 자신들의 깃털을 떼어 냈다. 그리고 그의 정체가 사실은 갈까마귀라고 폭로해 버렸다.

130
곰과 여행자들

두 사람이 함께 여행을 하고 있었다. 그런데 곰 한 마리가 갑자기 그들 앞에 나타났다. 곰이 그들을 자세히 살피기도 전에 한 사람이 길가에 서 있는 나무 위로 올라가 몸을 숨겼다. 하지만 다른 한 사람은 동료처럼 재빠르지 못했다. 그는 도망갈 수 없게 되자 땅에 엎드려 죽은 체를 했다. 곰은 그에게 다가와 냄새를 맡으며 그 둘레를 한 바퀴 어슬렁거렸다. 여행자는 숨을 죽인 채 꼼짝하지 않고 버텼다. 곰은 시신을 건드리지 않는다는 말을 들은 적이 있기 때문이었다. 곰은 그를 시체로 생각하고 그 자리를 떴다.

곰이 사라지자 나무에 올라갔던 여행자가 내려와서 다른 이에게 아까 곰이 뭐라고 속삭인 것이냐고 물었다. 그 여행자의 대답은 이러했다.

"위험 앞에서 친구를 버리고 도망치는 사람하고는 두 번 다시 함께 여행을 하지 말라고 조언하더군."

*불운은 우정의 진심을 시험한다.

131
나귀와 애완견

나귀와 개를 키우던 사람이 있었다. 나귀는 많은 귀리와 건초를 먹고 외양간에서 잠을 잤다. 나귀로서는 어느 나귀 부럽지 않게 편안한 삶을 살았던 셈이다. 개도 주인의 사랑을 듬뿍 받았다. 주인은 개를 자신의 무릎에 앉혀 자주 쓰다듬어 주었고, 외식을 할 때면 개에게 주기 위해 남은 음식을 집으로 싸오곤 했다. 그럴 때마다 개는 돌아오는 주인을 마중하기 위해 달려 나갔다.

사실 나귀는 곡식을 나르고 빻거나 농장의 짐을 운반하는 등 하는 일이 많았다. 나귀는 자신의 힘든 생활과 개의 편안한 생활을 비교하며 개를 질투하게 되었다.

마침내 나귀는 고삐를 끊고 주인이 식탁에 막 앉았을 때 집 안으로 난입했다. 그리고 집 안을 날뛰며 신 나게 뛰어놀았다. 개가 하는 장난을 흉내라도 내듯 어색한 동작으로 식탁을 엎고 그릇을 부쉈다. 게다가 나귀는 개가 평소 하던 버릇대로 주인의 무릎 위로 뛰어오르려고 했다. 주인이 위험에 처한 것을 본 하인들은 막대기와 몽둥이로 이 어리석은 나귀를 흠씬 때려 겨우 외양간으로 몰고 갈 수 있었다. 나귀는 끌려가며 이렇게 울부짖었다.

“아이고! 나는 왜 이렇게 바보 같을까? 어째서 나의 점잖은 모습에 만족하지 않고 작은 개의 우스꽝스런 행동을 흉내 내고 싶어 안달했던 것일까?”

132
자고새와 새 사냥꾼

새 사냥꾼이 그물로 자고새 한 마리를 잡았다. 사냥꾼이 막 죽이려던 참에 새는 자신을 살려 달라며 이렇게 말했다.

"저를 살려 주시면 다른 자고새를 그물로 유인해서 아저씨의 은혜에 보답할게요."

이것이 새 사냥꾼의 대답이었다.

"안 된다. 난 너를 살려 주지 않을 거야. 더구나 배신을 할 거라는 네 말을 듣고 나니 정말 너는 죽어야 마땅하구나."

133
까마귀와 백조

까마귀는 백조의 아름다운 하얀 깃털이 부러워 죽을 것만 같았다. 까마귀는 백조의 흰 깃털이 항상 목욕하고 수영하는 물 덕분이라고 생각했다. 그래서 까마귀는 제물로 바친 고깃점을 주어 먹으며 생활하던 제단 근처를 떠나 연못과 냇물 사이로 이사를 갔다. 그리고 하루에 여러 차례 목욕을 하며 깃털을 빨았다. 하지만 깃털은 하얗게 변할 기미조차 보이지 않았다. 게다가 까마귀는 먹을 것을 구하지 못해 굶어 죽고 말았다.

*인간의 습성은 바꿀 수 있지만 본성은 절대로 바꿀 수 없다.

134
사자와 야생 나귀

사자와 야생 나귀가 함께 사냥을 나갔다. 야생 나귀가 빠른 속도로 먹이를 덮친 후 사자가 나타나 그 먹잇감을 죽이는 것이 계획이었다. 그들은 엄청난 먹잇감을 잡았다. 이 전리품을 나누어야 할 상황이 되자 사자가 먹이를 정확히 삼등분하며 이렇게 말했다.

"나는 짐승의 왕이니 첫 번째 덩어리를 가져가지. 그리고 둘째 덩어리도 가지겠어. 너의 동업자로서 나머지의 반을 차지할 자격이 있으니까 말이야. 그리고 저 세 번째 덩어리……. 너는 저 세 번째 덩어리를 포기하고 빨리 여기를 뜨는 게 좋을 거야. 그렇지 않으면 네가 어떻게 될지 모르니까 말이야!"

*힘이 곧 정의다.

135
목상 장수

한 남자가 나무로 헤르메스 목상을 만들었다. 그것을 팔기 위해 시장에 내놓았지만 아무도 사려는 사람이 없었다. 남자는 그 목상의 장점을 선전해서 사람을 끌어모아야겠다고 생각했다. 그리고 여러 방향을 향해 이렇게 외쳤다.

"신을 팝니다! 신을 팔아요! 행운을 가져오고 행운을 지켜 줄 목상이요!"

곧 구경꾼 하나가 말을 끊더니 이렇게 물었다.

"그 목상을 당신의 의도대로 만들었다면, 당신은 왜 그 목상을 활용하지 않는 거요?"

"이유를 말씀드리자면 이 목상은 많은 이득을 가져오는 것임에 틀림없지만 시간이 좀 걸리지요. 그런데 나는 돈이 지금 당장 필요하단 말입니다."

136
늑대와 어머니와 아이

배고픈 늑대가 먹을 것을 찾아 배회하고 있는데 한 아이의 울음소리가 들렸다. 그 소리를 따라가 보니 오두막이 있었다. 늑대가 그 창 밑에 쪼그리고 앉아 있을 때 아이 어머니가 말하는 소리가 들렸다.

"울음을 그치거라, 어서! 그러지 않으면 늑대에게 던져 버릴 테다."

어머니의 말을 진담이라고 생각한 늑대는 곧 허기를 채우게 될 것이라는 기대를 안고 그곳에서 계속 기다렸다. 저녁이 되자 늑대는 어머니가 아이를 달래며 하는 말을 들었다.

"못된 늑대가 와도 우리 예쁜 아가를 물어 가지 못하게 할 거야. 아빠가 그 녀석을 죽일 테지."

이 말을 들은 늑대는 기분이 나빠져 벌떡 일어나 그곳을 떠났다. 이렇게 중얼거리며 말이다.

"저 집 사람들의 말은 한 마디도 믿을 수 없군."

137
고양이와 수탉

고양이가 수탉에게 달려들어 잡아먹으려고 했다. 하지만 고양이는 평소 닭을 먹지 않았기 때문에 적당한 핑계를 찾아야만 했다. 생각 끝에 고양이가 이렇게 말했다.

"너는 밤에 우니까 사람들의 잠을 방해하는 동물이야. 그러니 내가 너를 없애는 게 좋겠지."

그러자 수탉이 이렇게 자신을 변호했다. 자신은 사람들이 일어날 시간에 맞춰 그날 일을 시작하도록 돕기 때문에 사람들이 자기 없이는 살 수 없다고 말이다.

하지만 고양이는 이렇게 대답한 다음 수탉을 잡아먹어 버렸다.

"그럴지도 몰라. 하지만 사람들이 너 없이 살든 못 살든 간에 어쨌든 나는 먹지 않고는 못 살겠지?"

*좋은 핑계가 있건 없건 악당은 어쨌든 범죄를 저지른다.

138
의사가 된 구두 수선공

자신의 직업으로는 충분한 돈을 벌 수 없다고 생각한 구두 수선공이 있었다. 그에게는 기술이 부족했기 때문이다. 갑자기 그는 구두 고치는 일을 포기하고 의사 생활을 시작했다. 그는 모든 독에 대해 면역과 해독이 되는 약을 만드는 비법을 알고 있다며 떠벌리고 다녔다. 스스로 자랑하는 이런 재능 덕에 그는 크게 유명해졌다.

어느 날 그가 큰 병에 걸렸다. 왕은 그 돌팔이 의사가 평소 하던 말이 진실인지 확인할 수 있는 좋은 기회라고 생각했다. 그래서 물 한 컵을 가져오라 하여 물에 독을 타는 척을 했다. 그리고 그가 만들었다던 해독제를 섞은 다음 그에게 마셔 보라고 명령했다. 구두 수선공은 자신이 죽게 될까 봐 겁을 먹고 사실은 자신이 약에 대해 아무것도 모르며 해독제는 거짓이라고 실토했다. 국왕은 신하들을 불러 모은 후 다음과 같이 말했다.

"세상에 어찌 그렇게 우둔할 수가 있단 말이야. 이자는 사람들이 구두를 맡기지 않는 구두 수선공이었다. 그런데도 너희는 그에게 생명을 맡겨 왔단 말이냐!"

139
삽을 잃어버린 사내

한 사내가 포도밭을 열심히 가꾸고 있었다. 그런데 어느 날 일하러 갔더니 삽이 보이지 않았다. 그는 하인 중 하나가 훔쳐 갔을지도 모른다고 의심했다. 하인들에게 일일이 물어보았지만 모두 자신이 훔치지 않았다고 말했다. 하지만 사내는 그들을 믿지 못했다. 그래서 그들에게 도시로 가 그곳의 사원에서 결백을 맹세하고 돌아오라고 명령했다.

사내는 단순한 시골 신을 믿지 않았다. 도시의 신이라면 지혜가 깊고 능력이 뛰어날 것 같았고 도둑이 도시의 신을 무시할 수 없을 거라 생각했다.

사내와 하인들이 도시에 입성했을 때 어디선가 이런 소리가 들렸다. 사원에서 무언가를 훔친 도둑을 신고하면 포상을 하겠다는 관리의 외침이었다. 사내는 이렇게 생각했다.

'이럴 수가! 다시 집으로 돌아가는 게 낫겠어. 도시의 신조차 자신의 사원에서 도둑질한 놈을 찾을 능력이 없다는 거잖아? 그런데 그들이 내 삽을 훔쳐 간 범인을 말해 줄 수 있을 리가 없지.'

140
헤라클레스와 마부

한 마부가 짐을 가득 싣고 진흙 길을 따라 마차를 몰고 가던 중 바퀴가 진흙에 깊이 박혔다. 그런데 말들이 아무리 애를 써도 마차가 꼼짝하지 않았다. 마부는 자포자기 상태로 길가에 선 채 헤라클레스에게 도와 달라고 외쳤다. 드디어 헤라클레스가 직접 나타났고 이렇게 말했다.

"여보게, 네 어깨를 바퀴에 대고 말을 막대기로 찌르기라도 해 보고 난 후에 헤라클레스에게 도와 달란 부탁을 해야지. 자기 스스로를 돕기 위해 아무 노력도 하지 않는다면 나는 물론이고 그 누구도 너를 돕지 않을 것이야!"

*하늘은 스스로 돕는 자를 돕는다.

141
양과 개

옛날에 양이 목동에게 자신과 개를 차별하는 것에 대해 불만을 얘기했다.

"당신의 행동은 납득할 수 없는 데다 이것은 매우 불공평하다고 생각하는 바입니다. 우리는 당신에게 양털과 어린양과 양젖을 제공합니다. 하지만 당신은 우리에게 풀 나부랭이밖에 주지 않지요. 게다가 그것도 우리 스스로 뜯어 먹어야 하는 것을 말입니다. 당신은 개에게 얻는 것이 아무것도 없지만 그들에게는 맛난 것을 먹이지요."

양이 이렇게 주장하자 이 말을 엿듣고 있던 개가 곧바로 대꾸했다.

"너희 말도 맞아. 하지만 내가 없다면 너희가 어떻게 될지 생각해 봤어? 도둑이 너희를 훔쳐 가겠지! 늑대에게 잡아먹히고 말 테지! 내가 너희를 계속 감시해 주지 않으면 너희는 겁에 질려 풀도 못 뜯어 먹을걸!"

이 말을 들은 양은 개의 말이 사실이라는 것을 인정할 수밖에 없었다. 그리고 다시는 주인이 개에게만 잘해 주는 것에 대하여 불평하지 않았다.

142
올리브 나무와 무화과나무

특정 계절이 오면 모든 잎이 떨어지는 무화과나무를 보며 올리브 나무가 비아냥거렸다.

"야, 너는 가을마다 잎을 모두 잃고 봄까지 헐벗고 있지만 나는 일 년 내내 이렇게 푸르게 남아 있지."

얼마 후 많은 눈이 내렸다. 올리브 나무는 잎사귀 위에 눈이 쌓이는 바람에 무게를 지탱하지 못하고 구부러지다가 결국 부러지고 말았다. 그러나 무화과나무는 잎 없는 가지 사이로 눈송이가 모두 땅에 떨어졌다. 무화과나무는 끝까지 살아남아 많은 열매를 맺었다.

143
도망친 노예

자신의 운명을 받아들일 수 없었던 노예 하나가 주인에게서 도망쳤다. 주인은 노예가 없어졌다는 것을 알아차리고 곧바로 말에 올라 도망자를 추격하기 시작했다. 그리고 곧 노예를 따라잡을 수 있었다. 노예는 디딜방아 밑으로 기어 들어가 숨어 있었다.

"아하, 네게 꼭 걸맞는 장소구나!"

144
부자와 가죽공

한 부자가 가죽공의 옆집으로 이사를 왔다. 이웃의 가죽 작업 때문에 마당에서는 항상 악취가 났다. 그래서 부자는 가죽공에게 이곳을 떠나 달라고 했다. 하지만 가죽공은 계속 이사 가기를 미뤘고 부자는 재촉할 수밖에 없었다. 부자가 이사를 가라고 할 때마다 가죽공은 이사 준비를 하고 있다고 말했다. 이렇게 시간이 흐르는 동안 부자의 코는 가죽 냄새에 길들여진 나머지 더 이상 냄새가 신경 쓰이지 않게 되었다. 그리고 이사 가라고 가죽공을 괴롭히지 않게 되었다.

145
아프로디테와 고양이

한 고양이가 잘생긴 젊은이에게 반했다. 그래서 아프로디테를 찾아가 자신을 사람으로 바꿔 달라고 간청했고 아프로디테는 이 간청을 너그러이 받아들여 고양이를 아름다운 아가씨로 변신시켜 주었다. 그 젊은이는 그녀에게 첫눈에 반했고 곧 그녀와 결혼했다.

어느 날 아프로디테는 그 고양이가 모습처럼 습성도 바뀌었는지 궁금해졌다. 그래서 아프로디테는 부부가 있는 방에 생쥐 한 마리를 풀어 놓았다. 여자는 생쥐를 보자마자 자신의 상황을 망각한 채 껑충 뛰어올라 총알처럼 쥐를 쫓았다. 이를 본 아프로디테는 실망한 나머지 그녀를 다시 고양이로 되돌려 놓아 버렸다.

146

늙은 사냥개

몇 년 동안 많은 사냥감을 쫓으며 주인을 위해 봉사했던 사냥개가 이제는 늙어 힘도 빠지고 속도도 떨어지기 시작했다. 어느 날 사냥을 나갔을 때 주인이 사냥개에게 멧돼지를 쫓아가라고 명령했다. 사냥개는 멧돼지의 귀를 물었지만 이빨이 없었기 때문에 계속 물고 있을 수 없어 결국 놓치고 말았다. 주인이 사냥개를 호되게 꾸짖자 사냥개가 주인에게 이렇게 대꾸했다.

"제 의지는 예전이나 지금이나 똑같습니다, 주인어른. 하지만 몸이 이렇게 늙어 약해졌지요. 지금의 저를 욕하지 마시고 지금까지 제가 했던 일을 좀 칭찬해 주십시오."

147
종달새와 농부

종달새 한 마리가 옥수수밭에 보금자리를 만들고 익어 가는 곡식 밑에서 새끼를 키우고 있었다.

새끼의 깃이 완전히 자리 잡기 전의 어느 날, 농부가 자신이 수확하게 될 곡식을 확인하러 왔다가 빠르게 익어 가는 것을 보고 이렇게 말했다.

"이웃에게 우리 밭의 곡식을 수확할 때 좀 도와 달라고 해야겠다."

새끼 종달새 한 마리가 그 말을 엿듣고 매우 놀라 어미 종달새에게 빨리 이사하는 것이 좋지 않겠느냐고 물었다.

"서두르지 않아도 돼. 다른 사람이 도와줄 것을 바라는 사람은 무엇을 해도 시간이 걸려."

어미의 대답이었다.

며칠 후 농부가 다시 찾아왔다. 그런데 곡식 낟알이 너무 익어 깍지에서 땅으로 떨어지는 것을 발견했다.

"더 미룰 수가 없겠다. 오늘 바로 일꾼을 고용해 일을 착수해야겠다."

농부가 말했다. 이 말을 들은 어미 종달새가 새끼들에게 알렸다.

"얘들아, 이제 떠나야겠다. 농부가 친구 이야기를 하지 않는 걸 보니 이번에는 손수 일할 모양이다."

*손수 일하는 것이 가장 좋다.

148
남매

한 남자가 아들과 딸 하나씩을 두었다. 그런데 아들은 잘생겼지만 딸은 못생겼다. 어느 날 남매가 안방에서 놀다가 우연히 거울을 바라보았다. 처음으로 자신들의 생김새를 보게 된 것이다.

아들은 곧 자신이 꽤나 잘생겼다는 것을 깨닫고 외모를 찬양하며 잘난 척을 하기 시작했다. 소녀는 자신이 못생겼다는 것을 알고 억울해 울기 일보 직전이었다. 오빠의 그런 말이 자신에 대한 모욕 같았다.

소녀는 아버지에게 달려가 오빠의 오만함을 일러바쳤고 오빠가 엄마의 물건에 마구 손을 댄다고 비난했다. 아버지는 너그럽게 웃으며 남매에게 뽀뽀를 해 준 후 이렇게 말했다.

"애들아, 이제부터 거울을 잘 사용하는 법을 가르쳐 주마. 아들아, 너는 거울이 너의 잘생긴 모습을 비춰 주듯 착한 사람이 되려고 노력하거라. 그리고 딸아, 너는 고운 마음씨로 못난 외모를 보완하겠다고 다짐해라."

149

사자와 생쥐와 여우

사자 한 마리가 동굴 입구에 누워 잠을 자고 있었다. 그런데 생쥐가 그의 등을 뛰어넘으며 간질이는 바람에 놀라 눈을 떴다. 사자는 자신의 잠을 방해한 것이 무엇인지 알아보려고 주위를 둘러보았다. 이 모습을 바라보던 여우가 사자를 놀리기 위해 이렇게 말했다.

"저기, 대체 왜 사자가 생쥐를 무서워하는 거죠?"

사자가 대답했다.

"생쥐를 무서워한다고? 내가? 내가 지금 이러는 이유는 그 녀석이 버릇없기 때문이야!"

150

늑대와 왜가리

옛날에 늑대 한 마리가 살았는데 어느 날 늑대 목에 뼛조각이 걸렸다. 늑대는 왜가리를 찾아가서 긴 부리를 이용해 자신의 목에 있는 뼈를 빼 달라고 부탁했다.

"네가 이 뼈를 빼 주면 내게 큰일을 해 준 은혜를 잊지 않을게."

늑대가 이렇게 덧붙였다. 왜가리는 부탁받은 대로 부리를 집어넣어 어려움 없이 뼈를 빼 주었다. 늑대는 왜가리에게 깊은 감사를 표하고 몸을 돌려 자리를 뜨려고 했다.

"수고의 대가는 없는 거예요?"

왜가리가 늑대의 등에 대고 소리쳤다.

"무슨 대가가 어쨌다고?"

늑대가 꽥 소리쳤다. 그리고 이렇게 덧붙였다.

"너는 네 머리를 늑대 입속에 넣었어. 그런데도 네 목이 달아나지 않고 이렇게 살아 있다고 으스댈 수 있잖아? 뭘 더 바라는 거지?"

Arthur Rackham. 1912.

151
광대와 촌사람

한 귀족이 극장에서 공연을 선보이겠다고 선언했다. 그리고 그 공연에서 발표할 새로운 재주를 가진 사람에게 큰 상을 주겠다고 선포했다. 많은 마법사와 사기꾼과 곡예사들이 이 소식을 전해 들었고 그중에는 사람들에게 인기 많았던 광대도 끼어 있었다. 그 광대가 전혀 새로운 재주를 보여 줄 것이라고 사람들의 기대가 대단했다.

공연일이 되자 공연 시작 전부터 극장 꼭대기에서 밑바닥까지 모든 자리가 가득 찼다. 몇몇 공연자들이 재주를 발휘했고 그 다음으로 광대가 혼자 등장했다. 그는 빈손이었다. 관중석은 기대로 가득 차 쥐죽은 듯 조용했다.

광대는 머리를 가슴까지 숙이고 '꿀꿀꿀.' 하는 돼지 울음소리를 완벽하게 재현했다. 그가 몸 어딘가에 돼지를 숨기고 있다고 믿은 관중은 돼지를 꺼내 보라고 요청했다. 광대는 관중에게 자신의 몸을 보여 주며 돼지가 없다는 것을 확인시켰고 관중은 우레와 같은 박수를 보냈다.

그런데 관중 중에 지방에서 올라온 촌사람이 하나 있었다. 그 자는 광대의 연기를 깔보았다. 내일 자신이 같은 재주를 훨씬 더 잘 공연해 보이겠노라고 큰소리를 쳤다. 다음날 극장은 다시 한 번 관객으로 꽉 찼다. 광대가 다시 돼지 흉내를 냈고 관중의 환호를 받았다.

촌사람은 무대에 오르기 전 자신의 겉옷 밑에다 새끼 돼지를 한 마리 숨겨 놓고 연기했다. 관중이 더 잘해 보라며 야유를 보내자 새끼 돼지의 귀를 꼬집어 비명을 지르게 만들었다. 하지만 관중은 모두 광대의 흉내가 더 돼지 같다고 외쳤다. 촌사람은 겉옷 밑에서 돼지를 꺼내 보여 주며 비난조로 말했다.

"보시지, 당신들의 판단이 얼마나 신빙성 없는지를!"

152
사자와 나귀

사자와 나귀가 함께 의기투합하여 사냥을 나섰다. 얼마 후 산양이 많은 굴에 다다랐다. 사자는 굴 밖에 자리 잡고 서서 산양이 나오기를 기다렸다. 나귀는 안으로 들어간 뒤 산양을 놀래켜 굴 밖으로 나오도록 유도하려고 있는 힘껏 '이히히힝.' 하고 울었다. 산양이 도망쳐 나오자 사자는 기다리고 있다가 그들을 공격했다. 동굴이 모두 비자 나귀가 말했다.

"저것들이 아주 제대로 놀랐지?"

"그런 것 같아. 나도 네가 나귀라는 것을 몰랐다면 놀라 달아났을지도 몰라."

153
궁수와 사자

한 궁수가 사냥감 몇 마리를 잡기 위해 활을 들고 산으로 올라갔다. 사자를 제외한 모든 동물이 궁수를 보자마자 도망치기 바빴다. 사자는 자리를 떠나지 않고 궁수에게 대결을 청했다. 하지만 궁수는 곧 화살로 사자를 쏘아 맞혔다.

"자, 봐라. 나의 심부름꾼(*화살을 의미한다.)이 어떤 일을 할 수 있는지 봤지? 거기 꼼짝 말고 있거라. 이제 내 손으로 널 잡을 차례다."

궁수가 말했다.

하지만 사자는 화살을 맞자마자 고통을 느끼고 도망치기 시작했다.

이 모든 상황을 보고 있던 여우가 사자에게 말했다.

"이봐요, 겁쟁이처럼 굴지 마요. 왜 끝까지 맞서 싸우지 않는 거죠?"

"그런 말은 하지 마. 심부름꾼이 저렇게 무서운데 그 주인인 저 인간은 얼마나 대단한 놈이겠어?"

***멀리서도 해를 끼칠 수 있는 자와는 멀리 떨어져 있는 게 낫다.**

154
대머리 사냥꾼

머리카락이 모두 빠진 남자가 가발을 쓰기 시작했다. 어느 날 사냥을 나갔는데 바람이 거세게 불어 그의 모자를 날려 버렸다. 사냥이 재미있어질 무렵 가발이 바람에 날아가 버린 것이다. 남자는 농담을 섞어 이렇게 말했다.

"아, 하긴! 가발을 만든 머리카락은 전 주인의 머리에도 박혀 있지 못하던 녀석이니까. 내 머리에도 붙어 있으려 하지 않는 것이 당연한 일이지!"

155
말에 탄 사람

자신이 말을 잘 탄다고 착각하던 젊은이가 있었다. 그는 제대로 길들이지 않아 다루기 힘든 말을 탔다. 안장에 사람의 무게가 느껴지자마자 말은 날뛰며 뛰쳐나갔고 젊은이는 말을 멈출 방도가 없었다. 굉장한 속도로 멀어지는 젊은이를 보며 그의 친구가 이렇게 소리쳤다.

"그렇게 급히 어딜 가는 거야?"

"몰라! 말에게 물어봐!"

젊은이가 말을 가리키며 대답했다.

156
늑대와 양들과 숫양

늑대들이 영원한 평화 협정을 제안하기 위해 양들에게 대표단을 보냈다. 늑대들은 평화를 위한 조건을 하나 내놓았다. 먼저 양들이 양몰이 개를 즉각 처형하라는 요구였다. 멍청한 양들은 그 요구에 동의했다. 하지만 지혜 많은 늙은 숫양이 말했다.

"우리네와 당신들이 평화를 유지하며 산다는 것을 기대하기 힘들겠소. 이보시오, 우리를 보호하는 개들이 가까이 있는데도 우리는 당신들의 무자비한 공격으로부터 안전하지 못하잖소?"

157
사냥개와 여우

한 사냥개가 숲 속을 배회하다가 사자 한 마리를 보았다. 작은 짐승에게 익숙했던 사냥개는 일단 추격을 시작해 멋지게 사냥에 성공하겠다고 다짐했다. 사자는 곧 자신이 쫓기고 있다는 것을 깨달았다. 그리고 발걸음을 멈추어 사냥개 쪽으로 몸을 돌리고 으르렁거리며 포효했다. 사냥개는 이내 꼬리를 내리고 도망쳤다. 이 모습을 지켜보던 여우가 사냥개를 비웃으며 말했다.

"우하하! 사자를 추격하다가 사자가 한 번 으르렁대니 바로 도망치는 겁쟁이가 저기 간다!"

158
늑대와 목동

늑대 한 마리가 양 떼 가까이를 오래도록 어슬렁거렸는데 웬 일인지 양을 괴롭히려는 시도는 전혀 하지 않았다. 늑대가 해를 끼치는 동물이라는 것을 아는 목동은 처음에는 주위 깊게 감시했다. 하지만 시간이 지날수록 늑대가 아무런 행동을 하지 않았기 때문에 목동은 늑대를 적이라기보다는 양의 보호자쯤으로 여기게 되었다.

어느 날 목동은 일을 보러 도시로 나가게 되었다. 그는 이제 늑대를 너무 믿게 된 나머지 양을 늑대와 함께 두는 것에 대해 전혀 걱정 없이 집을 나서고 말았다. 늑대는 목동이 떠나자마자 양 떼를 공격하여 많은 양을 죽였다. 돌아온 목동은 양이 늑대의 공격을 받은 것을 발견하고 이렇게 울부짖었다.

"양 떼를 늑대에게 맡기고 가다니, 나는 벌을 받아 마땅하구나!"

159
피리 부는 어부

피리 부는 어부가 그물과 피리를 가지고 바닷가에 갔다. 그리고 튀어나온 바위에 서서 연주를 시작했다. 자신의 음악으로 물고기가 물 밖으로 나오게 하려는 계획이었다. 하지만 연주가 계속되어도 물고기는 한 마리도 나타나지 않았다. 결국 어부는 피리를 땅에 던져 놓고 바닷속으로 그물을 던져 넣었다. 곧 그물 한가득 물고기가 올라왔다. 뭍으로 끌려 나와 퍼덕이는 물고기를 보며 어부가 외쳤다.

"떼끼, 나쁜 놈들! 내가 피리를 불 때는 춤추려 들지 않더니 내가 피리를 불지 않아도 잘만 춤추는구나!"

Arthur Rackham

160
매와 솔개와 비둘기들

한 비둘기장에 사는 비둘기들이 솔개에게 괴롭힘을 당하고 있었다. 솔개는 가끔씩 하강하여 비둘기 식구 중 하나를 잡아갔다. 그래서 비둘기들은 적으로부터 자신을 보호하기 위해 매를 비둘기장으로 불러들였다. 하지만 비둘기들은 곧 자신이 얼마나 멍청한 짓을 한 것인지 깨달았다. 매는 솔개가 일 년 동안 죽일 비둘기의 수보다 더 많은 비둘기를 단 하루 만에 죽여 버렸다.

161
사자를 모시던 여우

사자를 모시는 여우가 있었다. 여우는 사자가 사냥을 나갈 때마다 먹이를 발견했고 사자는 그 먹이를 죽였다. 그들은 그것을 나누어 먹었다. 사자가 항상 훨씬 더 큰 몫을 차지하고 여우는 작은 몫을 받았다. 여우는 이 점에 불만을 품고 있었다.

여우가 독립하기로 결심하고 시험 삼아 양 떼의 어린양을 훔쳤다. 그런데 목동이 여우를 발견하고 개를 시켜 그를 쫓았다. 여우는 사냥감 신세로 전락하여 곧 개들에게 잡혀 죽고 말았다.

***위험이 따르는 자유를 택하는 것보다 안전이 보장되는 노예가 낫다.**

162
나귀와 노새

한 남자가 나귀와 노새를 한 마리씩 갖고 있었다. 어느 날 그는 두 가축의 등에 짐을 가득 싣고 여행을 떠났다. 나귀는 평탄한 길에서는 잘 걸었지만 길이 험한 산세 사이를 지날 때는 숨도 못 쉴 정도로 힘들어 했다. 결국 주인은 노새에게 나귀의 짐 일부를 덜어 주라고 부탁했다. 하지만 노새가 이를 거절하는 것이 아닌가?

결국 나귀는 완전히 탈진해 쓰러졌고 험한 낭떠러지로 떨어져 죽고 말았다. 주인은 절망했지만 다시 정신을 차리고 나귀에게 실었던 짐을 노새의 짐과 합쳐 실었다. 그리고 죽은 나귀의 가죽을 벗겨 그 가죽 또한 두 배로 늘어난 짐 위에 얹었다. 노새가 불어난 짐을 간신히 버티며 고통스럽게 걸음을 옮겼다.

"다 내 탓이다. 처음에 나귀를 도와주었더라면 이렇게 그의 짐과 가죽까지 지고 가는 일은 없었을 테니까."

163

돌팔이 의사

옛날에 개구리 한 마리가 다른 동물들에게 자기 자랑을 떠들고 다니기 시작했다. 자신은 모든 병을 치료할 수 있는 지식이 있으며 모든 약을 잘 알고 있다고 말이다. 이야기를 듣고 있던 동물들 사이에 여우도 한 마리 있었는데 그 여우가 이렇게 소리쳤다.

"의사 선생! 자신의 절룩거리는 다리와 피부에 난 검버섯과 주름도 못 고치면서 어떻게 남을 고친다고 말할 수 있습니까?"

*의사 선생님들, 먼저 자신의 병부터 고치시길.

164

외눈박이 수사슴

한쪽 눈이 보이지 않는 수사슴 한 마리가 바닷가에서 풀을 뜯고 있었다. 그는 사냥개들이 접근하는지 감시하기 위해 성한 한쪽 눈으로 육지 쪽을 경계했다. 보이지 않는 눈은 바다 쪽으로 향했다. 바다 쪽에서 위험이 다가오리라고는 상상조차 하지 않았기 때문이다.

하지만 해안을 따라 장사를 하며 이동하던 뱃사람들이 그 사슴을 발견하고 화살을 쏘아 맞혔다. 사슴은 치명적인 부상을 입고 쓰러져 죽어 갔고 마지막으로 이렇게 중얼거렸다.

"나는 얼마나 불쌍한 동물이었나. 육지의 위험을 인지했지만 그곳에서는 나를 공격하는 것이 없었고, 바다의 위험은 전혀 걱정하지 않았는데 그쪽에서 나의 파멸이 다가왔구나!"

*불행은 흔히 예상치 못한 방향에서 날아온다.

165
대머리와 파리

파리 한 마리가 대머리 남자의 머리 위에 자리를 잡고 앉아 살갗을 물었다. 대머리는 그 파리를 죽이겠다고 마음먹고 자신의 머리를 탁 때렸다. 하지만 파리는 잽싸게 피하고 조롱하며 이렇게 말했다.

"겨우 한 번 살짝 물었는데 그것 때문에 아저씨는 날 죽이려고 혈안이 되셨군요. 아저씨가 자기 머리를 세게 때린 것에 대해서는 스스로에게 어떤 벌을 주시려나요?"

대머리 남자는 이렇게 대답했다.

"아, 내가 날 때린 것은 개의치 않는다. 나 자신에게 해를 끼칠 의도가 없었으니 말이다. 하지만 너처럼 인간의 피를 빨아 먹는 해충의 목숨을 빼앗고 싶은 마음은 언제나 굴뚝같지!"

166
배와 다른 신체 부위들

몸의 여러 신체 부위가 배를 비난했던 적이 있었다.

"너는 사치가 심하고 게으르기까지 해. 아무 일도 하려 들지 않지. 우리들은 임무가 많을 뿐만 아니라 노예처럼 너의 모든 필요를 충족시켜야만 했지. 우린 이제 더는 그렇게 하지 않을 거야. 너는 네 스스로 책임을 지라고."

그들은 선포한 대로 배가 굶도록 내버려 두었다. 결과는 예상대로였다. 신체 모든 부위가 작동을 중지했고 신체 구성원 모두가 이 참사에 말려들었다. 그제야 그들은 자신이 얼마나 어리석었는지를 깨달았지만 이미 늦었다.

167
늑대와 소년

양껏 식사를 끝낸 늑대가 뭔가 재미난 게 없을까 생각하던 차에 땅에 납작 엎드린 소년을 발견했다. 늑대는 그 소년이 자신이 무서워서 숨었다는 것을 알아차렸다. 늑대는 소년에게 다가가서 말했다.

"아하, 이를 어쩌나? 내가 너를 찾아내고 말았네? 하지만 네가 반론을 제기할 수 없는 진실 세 가지를 말할 수 있다면 너를 살려 주지."

소년은 잠시 생각하다가 용기를 내어 이렇게 말했다.

"첫째, 네가 나를 발견한 것이 참 안타깝다. 둘째, 내가 잘못 숨었기 때문에 어리석었다. 셋째, 늑대가 우리 양을 공격하기 때문에 우리는 모두 늑대를 미워한다."

"네 입장에서 보면 그 말이 충분히 진실하군. 너를 보내 주마."

늑대의 대답이었다.

168
다랑어와 돌고래

다랑어가 돌고래의 추격을 받고 있었다. 다랑어는 물보라를 일으키며 굉장한 속도로 물살을 헤쳤지만 돌고래가 차츰 거리를 좁혔다. 곧 돌고래가 다랑어를 잡기 일보 직전까지 이르렀다. 다랑어는 무서운 속도로 헤엄치다가 결국 모래 언덕으로 올라가고 말았다. 다랑어를 뒤쫓던 돌고래도 따라 오르게 되었다. 물 밖으로 튕겨 나온 두 동물은 자신의 귀한 생명을 잃지 않기 위해 숨을 헐떡이며 사투했다.

적이 자기와 같이 죽을 운명에 놓이게 된 것을 안 다랑어가 이렇게 말했다.

“내가 지금 죽는다는 건 상관없어. 나를 죽음으로 몬 놈도 함께 죽을 테니까 말이야.”

169

개와 늑대

개 한 마리가 농장 문 앞에서 햇빛을 쬐며 누워 있었다. 하지만 그런데 늑대가 그 개를 잡아먹을 심산으로 공격했다. 개가 살려 달라고 애원했다.

"보시는 것처럼 저는 이렇게 뼈밖에 없어요. 그러니 지금 저를 잡아먹으면 배가 차지 않을 거예요. 하지만 며칠만 있으면 우리 집주인이 잔치를 열 거랍니다. 음식이 넘쳐나 남은 음식은 모두 제 차지가 되겠죠. 그럼 그 음식을 먹은 저는 살이 오르겠지요? 그때 저를 잡수시면 훨씬 이득이겠죠."

이 말을 들은 늑대가 꽤 좋은 계획이라고 생각해 돌아갔다. 그리고 얼마 후 다시 농장을 찾았다. 그런데 개가 외양간의 지붕 위 늑대가 닿지 못하는 곳에 누워 있었다.

늑대는 이렇게 소리치며 개를 꾀었다.

"이제 내려와 나를 위해 희생해야지? 우리 계획을 잊지는 않았겠지?"

하지만 개는 늑대를 향해 싸늘하게 대꾸했다.

"친구, 다음부터 문 앞에 누워 있는 나를 잡거든 어떤 잔치도 기다리지 마."

*한 번 당해 보면 두 번째는 조심한다.

170

여우와 베짱이

나뭇가지에서 베짱이 한 마리가 찌르르 찌르르 울며 앉아 있었다. 지나던 여우 한 마리가 그 소리를 듣고 비록 작은 곤충이라 한입 거리밖에 안 되겠지만 꽤 맛있을 거라고 생각했다. 여우는 꾀를 부려 베짱이를 나무에서 내려오게 만들려고 했다. 베짱이가 금방 주목할 수 있도록 나무 아래에 서서 감언이설을 쏟아 내며 베짱이의 노래를 칭찬했다. 자신은 그렇게 아름다운 목소리를 가진 자와 친구로 지내고 싶다며 나무 아래로 내려오라고 부탁했다.

하지만 베짱이는 속아 넘어가지 않고 이렇게 대꾸했다.

"이봐요, 내가 내려갈 거라고 생각한다면 큰 착각이에요. 여우 굴 입구에 베짱이 날개가 수북이 널려 있는 것을 본 이후로 나는 댁과 당신 종족을 항상 멀리하며 지내고 있지요."

171

헤라클레스와 아테나

옛날에 헤라클레스가 좁은 길을 따라 여행을 하고 있었다. 그런데 도중에 사과처럼 생긴 물건이 자신의 앞쪽에 떨어져 있는 것을 발견했다.

헤라클레스는 그냥 지나쳐 버리다가 그 물건을 밟고 말았다. 그 물건은 놀랍게도 부서지는 대신 크기가 두 배로 커졌다. 다시 내리치자 그것은 곧 엄청난 크기로 불어나 길 전체를 막을 정도로 커져 버렸다. 헤라클레스는 사용한 막대기를 떨어뜨린 채 어안이 벙벙해져 바라보고 서 있었다.

이때 아테네가 나타나 이렇게 말했다.

"친구, 그것을 그대로 내버려 두지. 그대 앞에 놓인 것은 불화의 사과라는 것이야. 그대가 가만 놔두면 처음처럼 작아진 채 남겠지만 그것을 건드리면 건드릴수록 커질 거야."

172
대장장이와 개

한 대장장이가 작은 개를 기르고 있었다. 그 녀석은 주인이 일할 때는 잠만 자다가 식사 시간이 되면 일어나는 버릇이 있었다. 주인은 개의 이런 태도를 못마땅하게 여겼지만 평소처럼 뼛조각 하나를 개에게 던져 주며 이렇게 말했다.

"너처럼 게으른 개를 대체 어디다 쓴단 말이냐. 내가 모루 위에서 망치질을 할 때는 웅크린 채 잠만 자는 놈이, 음식을 먹으려고 조금만 쉬면 일어나 앉아서는 먹을 것을 달라고 꼬리나 치니 말이다."

*일하지 않는 자는 굶어야 마땅하다.

173

여우와 까마귀

까마귀가 부리에 치즈 조각을 하나 물고 나뭇가지 위에 앉아 있었다. 이것을 본 여우가 그 치즈를 빼앗으려고 꾀를 내었다. 여우는 나무 밑에 자리를 잡고 서서 이렇게 말했다.

"이렇게 귀한 새가 내 머리 위에 앉아 있다니! 세상의 그 어떤 새가 이보다 더 아름다울까? 아름다운 깃털하며…… 목소리도 외모만큼 아름답다면 틀림없이 새의 여왕이 될 거야!"

이 말을 들은 까마귀는 한껏 우쭐해져서 자신의 목소리를 들려주기 위해 큰 소리로 깍깍 울기 시작했다. 당연히 치즈는 아래로 떨어졌고 여우는 그것을 잡아챘다.

"목소리가 어떤지는 잘 모르겠지만…… 아주머니가 현명하지 못한 건 확실한 것 같네요."

174
독수리와 고양이와 암멧돼지

독수리 한 마리가 높은 나무 꼭대기에 둥지를 틀었다. 식구와 함께 사는 고양이는 그보다 훨씬 아래쪽 나무 몸통에 난 구멍을 보금자리로 정했다. 암멧돼지와 새끼들은 나무 밑에서 살고 있었다. 만약 고양이의 사악한 교활함만 없었다면 아마도 그들은 이웃으로 잘 지낼 수 있었을 것이다. 고양이는 독수리 둥지 위로 기어 올라가 이렇게 속삭였다.

"너와 내겐 큰 위험이 닥칠 수도 있어. 우리가 늘 본 것처럼 항상 나무 밑을 파내는 무서운 짐승, 멧돼지 녀석 말이야. 그 짐승이 너와 내 식구들을 잡아먹기 위해 나무 뿌리를 뽑을 작정을 하고 있는 거라니까?"

이 말을 들은 독수리는 두려움으로 판단력이 흐려졌다. 고양이는 이제 나무를 기어 내려와 암멧돼지에게 말했다.

"저기 저 무서운 새 있잖아, 독수리. 그 새를 조심해야 해. 네가 새끼들을 밖으로 데리고 나올 때 한 마리를 채 가려고 계속해서 기회를 노리고 있다니까. 자기 새끼들을 먹이기 위해서 말이야."

고양이는 독수리에게 했던 것처럼 암멧돼지에게 겁을 주는데 성공했다. 그리고 자신의 집인 나무 구멍 안으로 돌아왔다. 고양이는 자신 또한 겁에 질린 척하며 낮에는 절대 밖으로 나오지 않았다. 밤이 되면 새끼들에게 줄 먹이를 얻기 위해 살금살금 돌아다녔다. 독수리는 여전히 둥지를 떠나기 무서웠고 암멧돼지 또한 뿌리 근처 집을 절대 떠나지 못했다.

시간이 흘러 독수리와 멧돼지와 새끼는 굶어 죽고 말았다. 그리고 결국 그 시체들은 고양이와 무럭무럭 자라는 새끼들의 좋은 먹이가 되었다.

175
두 개의 항아리

두 개의 항아리가 있었다. 하나는 질그릇이고 다른 하나는 놋그릇이었다. 이 두 개의 항아리가 홍수가 난 강물 위로 떠내려가고 있었다. 놋그릇 항아리는 옆 항아리에게 자신이 보호해 주겠다며 자기 곁에 있으라고 우겼다. 질그릇 항아리는 그에게 고맙다고 말했지만 제발 자기 가까이 다가오지는 말라고 애원했다. 질그릇이 말했다.

"네게 가까이 다가가는 것이 내겐 가장 겁나는 일이야. 네가 날 건드리기만 해도 나는 산산조각이 날 테니까."

*서로 같아야 가까운 친구가 될 수 있다.

176
환자와 의사

한 환자가 의사의 왕진을 받았다. 의사는 그에게 몸이 어떠냐고 물었다.

"꽤 좋아요. 하지만 땀이 많이 나네요."

환자가 대답했다.

"아, 그건 좋은 징조인데요."

의사가 말했다.

다음번 왕진 때 의사는 똑같은 질문을 했다.

"여전히 그렇습니다. 그런데 발작처럼 오한이 나요. 한 번 오한이 나면 온몸이 춥고 떨립니다."

환자가 대답했다.

"아, 그건 좋은 징조입니다."

의사가 말했다.

의사의 세 번째 왕진이 시작되었고 예전처럼 환자의 상태에 대해 물었다.

"몸에서 열이 많이 납니다."

환자가 대답했다.

"아주 좋은 징조입니다. 아주 잘하고 계십니다."

의사가 말했다.

어느 날 환자의 친구가 문병을 와 몸이 좀 어떠냐고 물었다.

"친구여, 나는 '좋은 징조'라는 병으로 죽어 가고 있다네."

환자의 대답이었다.

177

사자와 세 마리 황소

황소 세 마리가 초원에서 풀을 뜯어 먹고 있었다. 그런 그들을 잡아먹고 싶은 사자 한 마리가 한쪽에서 뚫어지게 그들을 바라보았다. 하지만 황소들이 함께 모여 있어서 잡기가 어려웠다.

사자는 거짓 속삭임과 악의 섞인 말로 소들을 이간질 시키고 불신을 불러일으켰다. 이 전략은 크게 성공하여 곧 소들은 서로 멀리하게 되었다. 결국 소들은 서로를 피하여 멀찍이 떨어져 풀을 뜯기 시작했다. 사자가 이것을 확인하자마자 그들을 하나씩 공격하여 잡아먹었다.

*친구들 사이의 싸움은 적에게 기회를 준다.

178
헤르메스와 조각가

헤르메스는 인간이 자신을 어떻게 평가하고 있을지 궁금해졌다. 그래서 그는 인간으로 변장하고 한 조각가의 작업실로 들어갔다. 거기에는 팔려고 내놓은 조각상이 많았다. 헤르메스는 그 중 제우스 조각상을 보고 얼마냐고 물었다.

"1크라운입니다."

조각가가 말했다.

"그것밖에 안 합니까?"

헤르메스는 웃으며 다시 헤라 조각상을 가리키며 물었다.

"그럼 저건 얼마입니까?"

"저건 반 크라운입지요."

"그럼 저쪽의 저 조각상은 얼마요?"

헤르메스가 자신의 조각상을 가리키며 물었다. 조각가가 대답했다.

"아, 저거요? 저건 손님께서 방금 전 물어본 조각상 두 개를 모두 사시면 공짜로 끼워 드립죠."

179
파리와 짐수레 노새

파리 한 마리가 수레의 한쪽 끌채 위에 앉아 있었다. 파리는 수레를 끌고 있는 노새를 보며 이렇게 말했다.

"참 느리기 짝이 없네. 넌 속도를 좀 내야 해. 안 그러면 내 침을 널 채찍질할 막대기로 사용할 거야."

노새는 파리의 말에 조금도 동요하지 않으며 이렇게 대꾸했다.

"내가 끄는 수레 안에는 나의 주인님이 앉아 계셔. 그분이 고삐를 잡고 나를 채찍질하면 난 따르겠지. 하지만 너의 그런 월권은 사양이야. 나는 여유롭게 걸어도 되는 때와 그러지 말아야 할 때를 알고 있으니까."

180
방앗간 주인과 아들과 나귀

방앗간 주인이 나귀를 팔기 위해 어린 아들과 나귀를 몰아 시장으로 향했다. 길을 가던 중 그들은 이야기를 나누는 소녀 한 무리를 만났다. 소녀들이 이렇게 소리쳤다.

"바보 같아! 나귀를 타고 가면 될 텐데, 이런 먼지 나는 길을 걸어가다니 말이야!"

방앗간 주인은 그들의 말이 일리가 있다고 판단하여 아들을 나귀에 태우고 자기는 나귀 옆에서 걸어갔다. 얼마 후 방앗간 주인은 옛 지인을 마주쳤다. 그들이 아버지에게 인사하며 말했다.

"자네는 힘들게 걸어가고 아들은 타고 가다니 아들 버릇을 잘못 들이고 있는 거야. 아들이 걸어야지! 어린 아이가 게으르면 안 되지! 걷는 것이 아들 건강에도 더 좋을걸!"

방앗간 주인은 그들의 충고를 따랐다. 아들 대신 자신이 나귀 등에 올라탔고 아들이 뒤에서 터벅터벅 걸었다. 그런데 얼마 가지 않아 한 무리의 여인과 아이들을 만났고 방앗간 주인의 귀에 그들이 하는 말이 들려왔다.

"저렇게 자신만 아는 노인네가 있나! 자기는 편안하게 타고 가고 작고 어린 아이는 좇아오게 만들다니 말이야!"

방앗간 주인은 아들을 자신의 뒤에 올라타게 했다. 그들은 길을 더 갔고 아버지와 아들은 여행자 몇 명을 만났다. 그들은 그 나귀가 방앗간 주인의 것인지 아니면 볼일 때문에 잠시 돈을 내고 빌린 것인지 물었다. 아버지는 자신의 나귀이며 팔기 위해 시장으로 몰고 가는 중이라고 말했다.

"어머나! 사람이 무겁게 등에 올라타 있으면 저 짐승은 시장에 도착하기도 전에 지쳐 쓰러지고 그러면 아무도 사지 않을 거예요. 당신이 저걸 메고 가야 하지 않겠습니까?"

"그럼 어디, 그렇게 해 볼까요?"

아버지와 아들은 밧줄로 나귀 다리를 한데 묶어 막대기에 매달고 다시 걷기 시작했다. 마침내 그들은 시내에 도착했다. 사람들이 그 모습에 어이없어 하며 구경하기 위해 몰려왔다. 그리고 박장대소하며 아버지와 아들을 놀려 댔다. 어떤 사람들은 그들이 미쳤다고까지 했다. 그때 그들은 강 위에 놓인 다리에 도착해 있었다. 나귀가 이런 소란스런 상황에 놀랐는지 허공에 발을 차며 버둥대다가 마침내 밧줄이 끊어졌다. 나귀는 물속으로 떨어져 죽고 말았다. 운 없는 방앗간 주인은 이 일이 원통하기도 하고 창피하기도 해 얼른 발길을 돌려 집으로 돌아왔다. 방앗간 주인은 모든 사람을 만족시키려다 아무도 만족시키지 못했고 결국 나귀까지 잃고 말았다.

181
여행자들과 플라타너스

무더운 여름날 두 여행자가 험하고 먼지 날리는 길을 걷고 있었다. 그들은 가지가 수려하게 뻗어 커다란 그늘이 생긴 플라타너스 나무에 도달했다. 그들은 그늘 아래서 잠시 햇볕을 피하기 위해 나무로 다가갔다. 땅바닥에 누워 나뭇가지를 올려다보던 여행자가 친구에게 이렇게 말했다.

"플라타너스는 참 쓸모없는 나무 같아. 열매도 없고 인간에게 어떤 쓸모도 주지 않으니 말이지."

이 말을 들은 플라타너스가 화난 목소리로 이렇게 소리쳤다.

"고마운 줄도 모르는 사람 같으니라고! 이런 뙤약볕을 피해 시원한 그늘에서 쉬고 있으면서 나를 쓸모없는 나무라고 욕을 하다니!"

*봉사를 해도 감사를 받지 못하는 경우가 많다.

182
독수리와 갈까마귀와 목자

어느 날 갈까마귀는 독수리 한 마리가 수직으로 낙하하여 양을 채 가는 장면을 목격했다. 그리고 이렇게 생각했다.

"나도 반드시 저렇게 해야지."

갈까마귀는 하늘 높이 날아올라 '윙윙.' 하는 날개 소리를 내며 큰 숫양의 등 위로 하강했다. 하지만 등 위에 내려앉자마자 그의 발톱이 양털과 뒤엉켜 버리고 말았다. 갈까마귀는 날개를 퍼덕이며 날아가려고 노력했지만 상황은 더 나빠지기만 했다.

한 목자가 다가와 말을 걸었다.

"오호, 그렇게 하려고 했단 말이지?"

목자는 갈까마귀를 손으로 붙잡아 날개를 자르고 집으로 가져가 어린 자식들에게 주었다. 아이들은 갈까마귀 모습이 너무나 이상해 아버지에게 물었다.

"아버지, 이건 무슨 새예요?"

"갈까마귀다. 독수리가 되고 싶었던 한낱 갈까마귀일 뿐이란다."

목자가 대답하였다.

*능력에 못 미치는 일을 시도하면 헛수고일 뿐만 아니라 불운과 조롱을 야기한다.

183
농부와 그의 개들

한 농부가 무서운 태풍을 동반한 눈보라 때문에 농장에 갇혀 식량을 구하러 나갈 수 없게 되었다. 그는 제일 먼저 자신이 키우던 양을 잡아먹었다. 폭풍은 계속되었다. 이번에는 염소를 죽였다. 하지만 날이 좋아질 기미가 없었다. 그래서 농부는 어쩔 수 없이 소들을 잡아먹게 되었다. 한쪽에서 개들이 이 광경을 지켜보며 이렇게 이야기했다.

"집을 나가야겠어. 그러지 않으면 다음은 우리 차례일 거야."

184
황소와 송아지

장성한 황소가 외양간의 자기 자리로 가려고 입구에 몸을 밀어 넣으며 애쓰고 있었다. 그때 어린 송아지가 다가와 이렇게 말했다.

"아저씨, 잠깐 비키시면 제가 여기를 지날 수 있는 방법을 보여 드릴게요."

황소가 의미심장한 표정으로 송아지를 지긋이 바라보며 이렇게 대꾸했다.

"그 방법은 나도 알고 있어. 네가 태어나기도 전에 말이지."

185
늑대와 염소

늑대 한 마리가 험한 바위 절벽 꼭대기에서 드문드문 자라는 풀을 뜯어 먹고 있는 염소를 발견했다. 늑대는 자신이 직접 염소에게 올라갈 수 없었기에 염소를 자신이 있는 곳으로 내려오도록 유인했다.

"아주머니, 그곳은 너무 높아 목숨을 잃을 수도 있어요. 정말입니다. 제 말을 듣고 이리 내려오시죠. 이곳에 더 좋은 풀이 많이 있습니다!"

늑대가 절벽을 향해 외쳤다. 하지만 염소는 모든 것을 다 안다는 표정으로 늑대를 내려다보며 이렇게 말했다.

"내가 좋은 풀을 먹든 나쁜 풀을 먹든 당신은 상관 없지 않나요? 당신이 원하는 건 날 잡아먹는 것일 테니까요."

186
사자의 왕국

사자가 지상의 동물을 다스렸을 때 그는 절대 잔인하거나 포악하지 않았다. 좋은 왕이 그렇듯 너그럽고 정의로웠다. 그는 자신의 통치 기간 동안에 동물의 총회를 소집했다. 그리고 모두가 평등과 조화 속에 살 수 있는 법을 제정했다. 늑대와 어린 양, 호랑이와 수사슴, 표범과 새끼 염소, 개와 산토끼……. 이들이 모두 지속적인 평화와 우정 속에서 함께 더불어 살 수 있어야 한다는 것이었다.

산토끼가 말했다.

"오! 약자가 강자 옆에서 두려워하지 않고 보금자리를 정할 수 있는 날을 얼마나 바라 왔던가!"

187

나무와 도끼

한 나무꾼이 숲으로 들어가 나무들에게 도끼 자루로 만들 나무를 달라고 애원했다. 숲의 중요 나무들은 즉시 그의 요청을 받아 어린 물푸레나무 한 그루를 주었다. 나무꾼은 물푸레나무로 도끼 자루를 만들었다. 나무꾼은 도끼 자루를 만들자마자 숲 속에서 가장 가치 있는 나무를 베기 위해 작업을 시작했다. 자신이 준 선물이 벌이는 짓을 발견한 나무들은 울부짖었다.

"이럴 수가! 이럴 수가! 실수를 저질렀어. 우리 잘못이야. 우리가 준 작은 물건이 우리에게 커다란 피해를 끼치고 있어. 물푸레나무를 희생시키지만 않았어도 우리는 오랜 세월 굳건히 서 있을 수 있었을 텐데!"

188
도둑과 여인숙 주인

도둑이 여인숙의 방 하나를 빌려 묵었다. 이 도둑은 그곳에서 며칠 동안 머물며 뭔가 훔칠 것이 있는지 살폈지만 기회가 없었다. 그러던 중에 축제일이 되었다. 여인숙 주인은 바람을 쐬기 위해 훌륭한 새 외투를 입고 여인숙 앞에 앉았다. 도둑은 그 외투를 보자마자 뺏고 싶어졌다. 그래서 여인숙 주인 옆에 앉아 주인과 이야기를 나누기 시작했다. 그렇게 그들은 한동안 대화를 나누었다. 그러던 중 도둑이 갑자기 하품을 하고 늑대처럼 우는 소리를 냈다. 주인이 그에게 어디 아픈 것 아니냐고 묻자 도둑은 이렇게 대답했다.

"주인 양반, 제 상태에 대해 말씀드리지요. 그 전에 일단 제 옷을 좀 맡아 주시오. 내게 왜 이런 울음 발작이 일어나는지 저도 알 길이 없어요. 아마 나의 못된 행동에 대한 하늘의 벌이 아닐까요? 사실은 내가 하품을 세 번 하면 먹이를 찾는 늑대로 변해 사람들의 목을 향해 달려들게 되지요."

이야기를 마친 도둑은 두 번째 하품을 하고 늑대 울음으로 울었다.

주인은 도둑의 이야기를 전부 믿었다. 그리고 그가 곧 늑대로 변할 것만 같아 급히 일어나 집 안으로 뛰어 들어가려고 했다. 그때 도둑이 그의 외투를 잡고 늘어지며 이렇게 말했다.

"주인 양반, 잠깐만요. 잠깐 제 옷 좀 맡아 주시죠. 그렇지 않으면 난 내 옷을 다시 볼 수 없을 테니까요."

도둑은 이렇게 말하며 입을 크게 벌리고 세 번째 하품을 시작했다. 주인은 늑대에게 잡아먹힐지도 모른다는 두려움 때문에 도둑이 잡고 있는 외투에서 몸을 빼냈다. 외투는 도둑의 손에 남았고 주인은 여인숙 안으로 달려 들어가 문을 잠갔다. 도둑은 그 외투를 들고 슬그머니 여관을 떠났다.

189
사자와 산토끼

사자가 쌔근쌔근 잘 자고 있던 산토끼 한 마리를 발견했다. 토끼를 잡아먹으려던 순간 곁을 지나가는 수사슴을 발견했다. 사자는 곧바로 산토끼를 입에서 떼고 더 큰 먹잇감을 향해 달려갔다. 오랫동안 추격전이 벌어졌지만 곧 사자는 자신이 수사슴을 따라잡을 수 없다는 것을 깨달았다. 수사슴을 포기한 사자가 산토끼에게 돌아왔다. 하지만 산토끼는 이제 온데간데없었다. 결국 사자는 저녁을 굶어야 했다.

"나는 이런 벌을 받아도 싸. 손에 든 것에 만족하지 못하고 더 나은 먹잇감을 탐했으니까."

190
사자와 황소

사자가 한 무리의 소 떼 사이에서 목초를 뜯고 있는 멋지고 살찐 황소를 발견했다. 사자는 그 소를 잡아먹을 방법을 궁리했다. 사자는 자신이 지금 양 한 마리를 잡아먹으려고 하는데 함께 식사하면 영광이겠다는 내용의 편지를 황소에게 보냈다.

황소는 초대를 받아들였다. 하지만 사자 굴에 도착했을 때 황소의 눈에 들어온 것은 소스 냄비와 불에 달궈진 꼬챙이들 뿐이었고 양은 없었다. 황소는 황급히 돌아서서 그 자리를 떠났다. 사자가 실망하여 황소의 등 뒤에 대고 왜 돌아가느냐고 묻자 황소가 이렇게 말했다.

"왜 돌아가는지 너무 뻔합니다. 당신이 준비한 그것은 양고기가 아닌 황소 고기를 위한 것임이 분명하기 때문입니다."

*새가 보이는 곳에 쳐 놓은 그물은 소용없다

191
두 개의 주머니

모든 사람은 두 개의 주머니를 차고 다닌다. 하나는 앞에, 다른 하나는 뒤에 말이다. 두 개의 주머니는 모두 결점으로 가득 차 있다. 앞주머니에 담긴 것은 이웃 사람의 결점, 뒷주머니에 담긴 것은 자신의 결점이다. 그렇기에 사람들은 자신의 결점은 보지 못하고 남의 결점은 잘 본다.

192
황소와 굴대

황소 두 마리가 짐을 가득 실은 짐마차를 끌고 대로를 걸어가고 있었다. 소들이 멍에(*소가 달구지나 쟁기를 끌 때 목에 거는 막대기.)를 메고 끌고 당기며 움직일 때 굴대는 삐걱대며 시끄러운 소리를 냈다. 소들은 이 소리를 견딜 수가 없었다. 화가 난 소가 고개를 돌리며 이렇게 말했다.

"야, 거기 너희. 일은 우리가 하고 있는데 대체 너희가 왜 그렇게 시끄럽게 구는 거야?"

*고생은 제일 적게 하는 자들이 불평은 가장 많이 하는 법이다.

193

개구리와 우물

두 마리의 개구리가 늪에서 함께 살고 있었다. 어느 더운 여름날 늪의 물이 모두 말라 버리고 말았다. 개구리에게는 습한 곳이 필요했기에 그들은 하는 수 없이 다른 장소를 찾아 떠났다. 곧 그들은 깊은 우물이 있는 곳에 도착했다. 그중 한 개구리가 우물 속을 내려다보며 동료에게 말했다.

"아주 시원하고 좋은 장소인 것 같아. 어서 뛰어내려서 저기서 살자."

"친구, 그렇게 서두르면 안 돼. 만약 이 우물이 지난번 늪처럼 말라 버리면 우리는 어떻게 밖으로 나오지?"

어깨 위에 더 현명한 머리를 얹고 있던 다른 개구리의 대답이었다.

*행동하기 전에 한 번 더 생각하라.

194

농부와 아들과 당까마귀

한 농부가 밭에 밀을 파종하고 가만히 감시하고 있었다. 많은 당까마귀와 찌르레기들이 파종한 곡식의 낟알을 주워 먹었기 때문이다. 그와 아들은 돌을 집어 들고 별렀다.

그런데 농부가 아들에게 돌을 건네 달라고 할 때마다 찌르레기가 그의 말을 알아듣고 당까마귀에게 경고해 주었다. 그들이 순식간에 날아가 버리자 농부가 이를 수상히 여겼다. 농부는 꾀를 낸 후 아들에게 이렇게 말했다.

"아들아, 내가 이 녀석들을 가만두지 않을 거야. 다음부터는 돌을 달라고 할 때 '돌을 다오.'라고 말하는 대신 그냥 '으흠.'이라고만 할 테니 그 소리를 들으면 곧장 내게 돌을 건네줘야 한다."

곧 새가 떼를 지어 돌아왔고 농부가 이렇게 소리를 내었다.

"으흠."

찌르레기는 아무 눈치도 채지 못했고 농부는 몇 개의 돌을 던져 새들을 날려 보낼 수 있었다. 한 마리는 머리에 맞았고 또 한 마리는 다리에 맞았으며 다른 한 마리는 날개에 맞았다. 새들이 요란스럽게 달아났다.

새들은 허겁지겁 달아나다가 몇 마리 학을 만났다. 학은 그들에게 무슨 일이냐고 물었다.

"문제?"

당까마귀가 되물었다. 그리고 이렇게 덧붙였다.

"저 악당들이 문제지. 인간 말이야. 너희도 그들 가까이 가지

마. 인간의 말은 있는 그대로의 뜻을 전달하기도 하지만 때론 그 말 속에 또 다른 뜻이 있기도 하거든. 그런 재주 덕분에 방금 내 친구들이 몇이나 죽었지."

195
개미

옛날에 개미는 인간이었다. 그들은 땅을 지배하며 살았다. 하지만 그들은 자신이 한 일의 결과에 만족하지 못하고 항상 이웃의 곡식과 과일에 눈독을 들이기 일쑤였다. 기회만 있으면 곡식과 열매를 훔쳐 자신의 창고에 쌓아 두었다.

제우스는 결국 그들의 탐욕을 참지 못하고 분노하여 그들을 개미로 만들었다. 하지만 그들은 개미로 모습이 변했지만 본성은 그대로 남았다. 오늘날 개미들이 논밭 사이를 돌아다니며 남이 노동한 결과를 모아 자신의 창고에 저장하는 이유가 그것이다.

*도둑을 벌할 수는 있지만 도벽은 그대로 남는다.

196

아버지와 딸들

한 남자에게 두 딸이 있었다. 한 딸은 정원사와 결혼했고 다른 딸은 옹기장이에게 시집을 갔다. 얼마 후 그는 딸들이 잘 사는지 살펴보기 위해 길을 나섰다. 먼저 정원사의 아내가 된 딸 집을 찾아갔다. 아버지는 안부를 물으며 딸과 사위의 일이 잘되는지 물었고 딸은 그런대로 괜찮다며 이렇게 말했다.

"그런데 비가 좀 많이 왔으면 좋겠어요. 정원에는 비가 많이 필요하니까요."

그가 이번에는 옹기장이의 아내가 된 딸을 찾아가 똑같이 물었다. 딸은 괜찮다고 말했지만 이렇게 덧붙였다.

"비가 오지 않는 건조한 날씨가 계속됐으면 좋겠어요. 옹기를 말려야 하거든요."

그는 재미있다는 듯이 딸을 바라보며 이렇게 말했다.

"너는 날씨가 가물기를 바라고 네 언니는 비를 바라는구나. 너희의 바람이 이뤄지기를 하늘에 기도하마. 하지만 지금은 일단 그 얘기를 그만하자꾸나."

197

집 나귀와 야생 나귀와 사자

야생 나귀는 집 나귀가 무거운 짐을 진 채 바삐 걸으며 노예처럼 일한다고 비웃었다.

"내 삶에 비해 얼마나 비참한 삶이란 말이냐! 나는 공기처럼 자유롭고 일도 하지 않으며 야산에 올라가면 내가 먹고 싶은 풀이 널려 있지. 하지만 넌 주인이 주는 것밖에 먹지 못하는 데다 네게 매일 무거운 짐을 운반하라 시키고 널 잔인하게 때리기만 하잖니?"

그때 사자가 나타났다. 사자는 주인이 있는 집 나귀는 공격할 엄두도 내지 못한 채 혈혈단신인 야생 나귀에게 달려들어 잡아먹어 버렸다.

*스스로를 지킬 힘이 없다면 독립이란 쓸데없는 것이다.

198
생쥐와 황소

황소 한 마리가 자신의 코를 물고 달아난 생쥐를 추격하고 있었다. 하지만 황소가 따라잡기에 생쥐가 너무나 잽싸서 벽 구멍으로 쏙 들어가 버렸다. 황소는 계속해서 무서운 힘으로 벽을 들이받았다. 결국 모든 힘을 쏟은 채 지쳐 바닥에 너부러지고 말았다.

사방이 조용해지자 생쥐는 다시 잽싸게 나와 황소를 물어뜯었고 이에 화가 머리끝까지 난 황소는 다시 일어서서 생쥐를 잡으려 했다. 이번에도 생쥐는 구멍으로 숨어 버리고 말았다. 황소는 허망한 분을 삭이지 못해 콧김을 씩씩대며 애를 태웠다.

잠시 후 벽 안쪽에서 작고 날카로운 찍찍 소리가 들렸다.

"너희 말이야, 그 큰 덩치만 믿고 자신만만했지? 때로는 우리처럼 작은 것이 최고일 때가 있다구."

*강한 자가 항상 이기는 것은 아니다.

199
늑대와 양

어느 날 한 늑대가 개들에게 호되게 공격을 당했다. 그래서 그는 오랫동안 꼼짝없이 누워 지냈다. 얼마간이 지난 뒤 회복되기 시작한 늑대는 배가 고파졌다. 그래서 지나가는 양을 소리쳐 불러 세우고 이렇게 부탁했다.

"가까운 냇가에 가서 물 좀 떠다 주겠니? 마실 것만 있어도 고기를 좀 먹을 수 있겠는데."

하지만 이 양은 바보가 아니었고 이렇게 대꾸했다.

"제가 고분고분 물을 떠다 준다면 당신은 쉽게 고기를 얻을 수 있겠죠. 전 그 사실을 너무나 잘 알고 있어요. 그러니 안녕히 계세요, 늑대 아저씨."

200
염소 몰이와 염소

어느 날 염소 몰이꾼이 가축우리로 돌아가기 위해 염소 떼를 몰고 있었다. 그런데 그중 한 마리가 무리에서 이탈하여 돌아오길 거부하는 것이 아닌가. 몰이꾼은 계속해서 휘파람을 불고 소리치며 염소를 부르려고 이리저리 노력했지만 효과가 없었다. 결국 몰이꾼은 염소를 향해 돌을 던졌는데 그만 염소의 한쪽 뿔을 부러뜨리고 말았다. 당황한 몰이꾼이 염소에게 다가가 주인에게는 말하지 말라고 부탁했다. 하지만 염소는 이렇게 되물을 뿐이었다.

"바보 같은 친구여, 내가 아무리 내 혀를 가만두어도 내 뿔이 크게 울 텐데 이를 어쩌지?"

*아무리 숨기려고 해도 숨길 수 없는 것이 있다.

201
조각상을 운반한 나귀

한 남자가 나귀 등에 신 조각상을 싣고 도시의 한 사원으로 향하고 있었다. 길에서 만나는 모든 사람들이 그 신상을 향해 모자를 벗고 머리 숙여 예를 표했다. 그런데 나귀가 이 모습을 보고 자신을 존경해서 그러는 줄로 착각한 나머지 우쭐해지기 시작했다. 결국 있는 대로 거만해진 나귀는 뭐든 자신의 마음대로 할 수 있다고 생각하기에 이르렀다. 그래서 등짐을 진 것에 대한 항의 표시로 걷기를 멈추고 앞으로 나가기를 거부했다. 이런 나귀의 반항을 본 주인은 막대기로 나귀를 세게, 오랫동안 때려 준 다음 이렇게 말했다.

"이 멍청하기 짝이 없는 놈아, 저 사람들이 너 같은 나귀 따위에게 절을 했다고 생각한 게냐?"

*남의 영광을 차지하려는 자에게는 혹독한 경종이 울리게 될 것이다.

202
목동과 늑대

한 목동이 초원에서 혼자 방황하는 새끼 늑대를 발견하고 집으로 데려왔다. 그리고 자신이 기르던 개와 함께 기르게 되었다.

어느덧 새끼 늑대는 몸집이 자라 커다란 어른 늑대가 되었다. 그 늑대는 다른 늑대가 양 한 마리를 훔치면 다른 개들과 함께 그 도둑 늑대를 추격하는 일을 했다.

때로 개들은 도둑 늑대를 잡는 데 실패하여 집으로 돌아오곤 했지만 집에서 기른 늑대는 혼자 추격을 포기하지 않았다. 그리고 도둑 늑대와 함께 훔친 양으로 벌인 잔치를 즐기고 나서야 목동에게 돌아왔다.

한동안 늑대들이 양을 잡을 수 없게 되자 집 늑대는 자신이 직접 양 한 마리를 훔쳐 개들과 나누어 먹었다. 결국 목동의 의심이 시작되었다. 어느 날 늑대는 범죄 현장을 들키고 말았다. 목동은 늑대의 목에 밧줄을 감아 가까운 나무에 매달아 버렸다.

*타고난 본질은 어쩔 수 없다.

203
사자와 제우스와 코끼리

사자는 큰 체격과 힘과 날카로운 이빨과 발톱을 가지고 있음에도 불구하고 무서운 것이 하나 있었다. 그것은 바로 수탉이었다. 사자는 수탉 우는 소리를 무서워해 그 소리가 들릴 때마다 도망가기 일쑤였다. 사자는 자신을 그렇게 창조한 제우스에게 맹렬하게 불만을 표시했다.

제우스가 말하길 그것은 자신의 잘못이 아니라고 했다. 자신은 사자를 훌륭하게 창조하기 위해 최선을 다했다는 것이다. 만에 하나 그런 결함이 있더라도 사자는 만족해야 마땅하다고 말했다. 하지만 사자는 여전히 마음이 좋지 않았다. 자신이 겁이 많다는 사실이 죽고 싶을 정도로 창피했던 것이다.

이런 와중에 사자가 우연히 코끼리를 만나 이야기를 나누게 되었다. 대화 중에 코끼리가 마치 청각으로 무언가를 찾는 듯 귀를 세우는 것을 보고 그 이유를 물었다. 그때 모기 한 마리가 쌩 하고 날아갔다. 코끼리가 대답했다.

"저 작고 윙윙대는 망할 곤충이 보이지? 저게 내 귀로 들어갈까 봐 무서워 죽겠어. 저게 내 귀로 들어가면 난 끝이거든."

사자는 이 말을 듣고 곧바로 기분이 좋아졌다.

"코끼리처럼 덩치가 큰 동물이 모기를 무서워한다면 내가 수탉을 두려워한다는 게 그리 큰 문제가 될 건 없겠군. 어쨌든 수탉은 모기보다 만 배는 더 클 테니까 말이지."

사자가 중얼거렸다.

204
정원사와 그의 개

정원사의 개가 우물에 빠졌다. 정원사는 물을 뜨듯 두레박을 이용해 개를 꺼내려 했지만 실패했다. 그래서 자신이 직접 개를 건지기 위해 우물 속으로 내려갔다. 하지만 이것을 본 개는 주인이 자기를 익사시키려고 내려오는 것으로 생각했다. 주인이 자신에게 가까이 다가오자마자 주인을 물어 큰 상처를 입혔다. 호되게 당한 주인은 개를 내버려 둔 채 우물에서 기어 나오며 중얼거렸다.

"저렇게 단호하게 죽기로 결심했다니. 그런 개를 구해 주려 했으니 이렇게 당한 거지, 뭐람."

205
여우들과 강

여우들이 강둑에 모여 있었다. 모두 강물을 마시기 위해 모인 것이다. 하지만 물살이 거세고 물이 너무 깊어 위험해 보였다. 그들은 감히 들어가 물을 마실 용기를 내지 못한 채 물가에 서서 서로에게 겁먹지 말자며 응원만 했다. 그때 한 여우가 자신이 얼마나 용감한지 자랑하고 다른 여우들을 놀리기 위해 이렇게 말했다.

"난 하나도 안 무서워! 날 봐라, 물에 들어갈 거야!"

여우가 물로 뛰어들었고 곧 물살이 여우를 운반해 갔다.

그 여우가 하류로 둥둥 떠내려가는 것을 보며 다른 여우들이 이렇게 말했다.

"가지 마! 그렇게 가면 어떡해! 어서 우리가 안전하게 마실 수 있는 곳을 가르쳐 줘!"

"아직은 못 가르쳐 줄 것 같아. 난 바닷가까지 갈 거야. 이 물살이 나를 그곳으로 잘 데려다 주겠지. 돌아오면 그때 너희에게 알려 줄게!"

206
돼지와 양

양 떼가 풀을 뜯고 있는 초원으로 돼지 한 마리가 들어오게 되었다. 목동은 그놈을 잡아 푸줏간으로 끌고 가려 했다. 돼지는 꽥꽥 소리를 지르며 목동에게서 벗어나기 위해 발버둥을 쳤다. 양들이 난리를 치는 돼지를 비난하며 이렇게 말했다.

"목동은 정기적으로 우리를 끌고 가지만 우리는 담담히 받아들여."

"그래, 그렇겠지. 하지만 난 너희의 경우와 전혀 달라. 너희를 데리고 가는 것은 털을 얻기 위해서지만 나를 끌고 가는 것은 내 삼겹살을 얻기 위한 거거든."

돼지의 대답이었다.

207
원숭이와 돌고래

사람들은 항해를 떠날 때면 으레 외로울 것을 대비하여 애완동물로 강아지나 원숭이를 데리고 간다. 그래서 동양에서 아테네로 돌아오던 한 사람이 애완용 원숭이를 데리고 배를 타게 되었다. 그런데 아티카 섬 해안에 가까워졌을 때 큰 태풍을 만나 배가 전복되고 말았다. 배 위의 모든 것이 물에 빠졌다. 원숭이도 목숨을 건지기 위해 물속에서 바동거리느라 정신이 없었다. 한 돌고래가 그 원숭이를 인간으로 착각해 자신의 등에 태우고 해안을 향해 헤엄치기 시작했다. 아테네의 항구 중 하나인 피레우스에 거의 당도했을 때 돌고래는 원숭이에게 아테네 사람이냐고 물었다. 원숭이는 그렇다고 대답했다. 자신이 매우 유명한 집안 출신이라는 말까지 덧붙이며 말이다.

그 말을 들은 돌고래가 이렇게 물었다.

"아, 그러면 피레우스를 알겠네요?"

그 이름이 유명한 아테네 사람이라고 생각한 원숭이는 이렇게 대답했다.

"물론이죠. 나와는 막역한 사이입니다."

이 대답으로 인해 돌고래는 원숭이의 거짓말을 알아차렸다. 그리고 실망한 나머지 다시 바다 아래로 들어가 버렸다. 이 불행한 원숭이는 곧 익사하였다.

208
농부와 나귀와 황소

농부가 황소와 나귀를 한 쌍으로 삼아 멍에를 걸고 밭갈이를 시작했다. 농부에게는 황소가 한 마리밖에 없었기 때문에 어쩔 수 없었지만 이 둘을 함께 둔다는 것은 결코 썩 좋은 조합이 아니었다. 날이 저물고 짐승의 멍에가 벗겨졌을 때 나귀가 황소에게 말했다.

"아, 힘든 하루였어. 우리 중 누가 주인님을 집까지 태우고 가지?"

이 질문에 황소는 놀란 표정으로 이렇게 대답했다.

"뭐야, 당연히 너지. 언제나 그랬듯이 말이야."

209

사랑에 빠진 사자

사자가 촌부(村夫)의 딸에게 깊이 반해 버렸다. 그리고 그녀와 결혼하고 싶어 했다. 하지만 촌부는 그런 무서운 동물에게 딸을 주고 싶지 않았다. 동시에 사자의 기분을 건드리고 싶지도 않았다. 그는 한 가지 방법을 생각해 내고 사자에게 말했다.

"자네는 우리 딸에게 매우 훌륭한 남편이 될 거라고 생각해. 하지만 자네가 그 이빨을 빼고 발톱을 자르지 않는다면 내 딸과 결혼시키기가 어렵네. 내 딸이 그것을 몹시 무서워하니 말이네."

사자는 딸에게 푹 빠진 상태라 선뜻 그 요구를 이행했다. 촌부는 사자가 부탁대로 하자마자 모든 힘을 잃은 그 사자를 곤봉으로 때려 쫓아 버렸다.

210
사자와 생쥐

굴속에서 잠을 자던 사자가 깨어난 것은 자신의 얼굴 위에서 뛰어노는 생쥐 때문이었다. 화가 난 사자가 발톱으로 생쥐를 잡아 죽이려고 했다. 기겁한 생쥐가 목숨만은 살려 달라고 사자에게 애원했다.

"제발 살려 주세요. 절 살려 주신다면 언젠가 사자님의 은혜에 보답하겠습니다."

이렇게 보잘것없는 동물이 자신을 위해 무언가를 할 수 있다는 것을 믿지 않았지만, 어찌나 재미있었던지 크게 웃으며 기분 좋게 생쥐를 살려 주었다. 어느 날 사자는 사냥꾼들이 쳐 놓은 그물에 걸리고 말았다. 사자의 거친 울음소리를 들은 생쥐는 곧장 소리가 나는 곳으로 달려갔다. 결국 생쥐가 무언가를 할 기회가 온 것이다. 그리고 서둘러 이빨로 밧줄을 갉아 자르기 시작했고 곧 사자를 구해 줄 수 있었다.

"보세요, 제가 은혜를 갚겠다고 했더니 사자님은 저를 비웃으셨죠? 하지만 생쥐도 사자를 도울 수 있다고요!"

211
독수리와 딱정벌레

한 독수리가 산토끼를 쫓아 날고 있었다. 산토끼는 자신의 생명을 구하기 위해 최선을 다해 달렸으나 도움을 청할 곳이 마땅치 않았다. 산토끼는 딱정벌레 한 마리를 발견하고 도와 달라고 부탁했다. 딱정벌레는 산토끼를 건드리지 말라고 독수리에게 경고했다. 하지만 독수리는 너무 작은 딱정벌레를 미처 보지 못하고 그냥 산토끼를 잡아먹었다.

딱정벌레는 이 일을 잊지 않았고 그 후로 독수리의 둥지를 계속 감시했다. 그리고 독수리가 알을 낳을 때마다 둥지에 올라가 둥지 밖으로 알을 굴려 떨어뜨렸다.

자꾸 알을 잃는 것이 너무 슬펐던 독수리는 자신을 보호해 주는 제우스를 찾아갔다. 그리고 알을 품을 수 있는 안전한 장소를 달라고 부탁했다. 제우스는 자신의 무릎 위에 알을 낳도록 허락했다.

딱정벌레는 이 사실을 알아채고 오물을 모아 독수리알만 한 크기의 구체를 만들어 제우스의 무릎 위에 놓았다. 이 오물을 본 제우스는 자리에서 일어나 그것을 옷에서 털어 냈다. 그 바람에 다른 알도 깨지고 말았다. 사람들은 이때부터 딱정벌레가 돌아다니는 계절에는 독수리가 절대로 알을 낳지 않게 되었다고 말한다.

*때로 약자는 강자에게 당했던 모욕에 대한 복수 방법을 잘 찾아낸다.

212
도망친 갈까마귀

한 남자가 갈까마귀를 잡은 다음 한쪽 다리를 끈으로 매어 아이들에게 애완동물로 주었다. 하지만 갈까마귀는 사람과 함께 사는 것이 괴로웠다. 그래서 새를 어느 정도 길들였다고 생각한 아이들이 방심한 틈을 타 집을 빠져나와 예전에 살던 곳으로 날아가 버렸다. 불행히도 발에 끈이 묶인 채였다. 얼마 후 끈이 나뭇가지에 엉켜 아무리 노력해도 자유로워질 수 없었다. 갈까마귀는 자신을 옭아매는 끈을 보며 절망 속에서 이렇게 울부짖었다.

"아! 자유를 원하느라 내 목숨을 잃겠구나!"

213
박쥐와 가시나무와 갈매기

박쥐와 가시나무와 갈매기가 동업하기 위해 여행길에 나섰다. 박쥐는 이 모험을 위해 돈을 꾸었고 가시나무는 여러 종류의 옷을 들고 왔으며 갈매기는 많은 양의 납을 가지고 배를 탔다. 그렇게 그들은 여행을 떠났다. 그런데 강한 폭풍이 불어 짐을 많이 실은 배가 바다 밑으로 가라앉게 되었다. 우여곡절 끝에 세 여행자는 겨우 육지에 도달하게 되었다.

갈매기는 바다 위를 이리저리 날아다니며 이따금 바다로 잠수해 자신이 잃어버린 납을 건져 올렸다. 박쥐는 빚쟁이들이 두려워 낮에는 숨어 있다가 밤에만 먹을 것을 구하러 돌아다니게 되었다. 가시나무는 지나가는 모든 사람들의 옷을 붙잡았다. 자신이 잃어버린 옷을 되찾으려는 노력이었다.

*사람은 자신에게 없는 것을 얻으려고 노력하기보다는 자신이 잃어버린 것을 되찾으려는 데에 더 많은 노력을 쏟는다.

214

새 사냥꾼과 종달새

새 사냥꾼이 새를 잡기 위해 그물을 치고 있었다. 그런데 종달새 한 마리가 날아와 무엇을 하느냐고 물었다.

"나는 도시를 건설하고 있지."

새 사냥꾼이 이렇게 대답하고 좀 떨어진 곳으로 자리를 옮겨 숨었다. 사냥꾼의 말에 호기심이 생긴 종달새는 그물을 이리저리 살펴보았다. 그리고 미끼를 발견하고는 그것을 얻기 위해 그물을 향해 날아갔다. 그 순간 새가 그물에 엉켰고 새 사냥꾼이 재빨리 달려와 종달새를 붙잡았다. 종달새가 이렇게 외쳤다.

"아, 얼마나 바보 같은 짓을 했나! 어쨌든 당신이 건설하는 도시가 이것이라면 얼마 지나지 않아 이곳은 바보들로 가득 차겠군요."

215

족제비와 인간

한 사람이 자신의 집 주변을 어슬렁거리던 족제비를 잡았다. 그가 막 물통에 넣어 죽이려던 참에 족제비가 살려 달라고 애원했다.

"아저씨는 저를 죽일 정도로 나쁜 사람이 아닐 거예요, 그렇지요? 생각해 보세요. 아저씨 집으로 병균을 옮기던 쥐, 도마뱀을 제가 얼마나 많이 없앴는데요. 그간의 도움을 인정해서 저의 목숨을 살려 주시면 안 될까요?"

이 말을 들은 사람은 이렇게 대답했다.

"네가 완전히 쓸모없는 동물이 아니라는 것은 나도 알아. 하지만 닭을 죽인 건 누구지? 고기를 훔친 건? 아니, 아니. 너는 득보다 해가 더 많은 동물이니 죽이는 게 좋겠어."

216
데마데스와 우화

연설가 데마데스(*고대 그리스 아테네의 정치가.)가 아테네 의회에서 연설을 하고 있었는데 사람들이 그의 말에 집중하지 않았다. 결국 데마데스는 연설을 중지하고 이렇게 말했다.

"여러분, 이솝 우화 하나를 들려 드리지요."

사람들이 이 말에 귀를 기울이기 시작하자 데마데스가 이야기를 시작했다.

"데메테르와 제비와 뱀장어가 함께 여행을 하고 있었지요. 그런데 다리가 놓여 있지 않은 강에 도착했어요. 제비는 하늘을 날아 강을 넘었고, 뱀장어는 수영을 해서 강을 건넜습니다."

그는 여기까지 말하고 말을 멈추었다. 그랬더니 청중 몇몇이 이렇게 소리쳤다.

"데메테르는 어떻게 되었습니까?"

"여러분이 오늘 중요한 연설에 신경 쓰지 않고 우화에만 관심을 보이니 여러분께 매우 화가 나셨지요."

217
늑대와 말

늑대 한 마리가 배회하다가 귀리밭에 도달했다. 하지만 그것을 먹을 수 없었기 때문에 그냥 가려고 했다. 그런데 그곳에 말이 도착했다. 늑대는 속으로 쾌재를 부르며 이렇게 말했다.

"어이, 여긴 귀리밭이야. 내가 너를 위해 귀리를 안 먹고 남겨 두었다니까? 네가 익은 곡식을 씹어 먹는 소리가 참 듣기 좋거든."

"친구여, 늑대가 귀리를 먹을 수 있다면 너는 네 배를 곯주리면서까지 귀가 즐거운 일을 하려고 들지 않았을 테지."

*자신에게 소용없는 것을 남에게 베푸는 것은 도덕적이지 못하다.

218
원숭이와 낙타

모든 짐승의 모임이 있던 날, 원숭이가 춤을 선보이며 좌중을 즐겁게 했다. 원숭이의 춤이 끝나자마자 우레와 같은 박수갈채가 터져 나왔다. 낙타는 이를 보고 자극을 받아 자신도 같은 식으로 다른 짐승의 호감을 사야겠다고 욕심을 부렸다. 낙타가 자리에서 일어나 춤을 추기 시작했다. 게걸음으로 이리저리 움직일 때마다 자태는 우스꽝스러웠고 몸뚱이는 괴상하게 보였다. 모든 짐승들이 야유를 보내며 그를 자리에서 내쫓았다.

219
농부와 여우

밤이 되면 여우가 마당을 염탐하다가 닭을 잡아갔기 때문에 농부가 골치를 썩고 있었다. 결국 농부는 여우 덫을 놓아 그 녀석을 잡았다. 그리고 복수를 하기 위해 여우 꼬리에 아마 뭉치를 매달고 거기에 불을 붙인 다음 놓아주었다. 운 나쁘게도 여우는 수확 준비가 끝난 옥수수밭으로 도망쳐 버렸고 불은 순식간에 농작물에 옮겨붙어 밭이 모두 타 버렸다. 농부는 곧 수확할 수 있었던 옥수수를 전부 잃고 말았다.

*복수는 양날을 지닌 칼이다.

220
농부와 늑대

한 농부가 황소를 쟁기에서 풀어 주고 마실 물이 있는 곳으로 데리고 갔다. 그런데 농부가 잠시 자리를 비운 사이 너무 오랫동안 굶어 거의 죽어 가던 늑대가 나타났다. 그는 허기를 달래기 위해 쟁기와 멍에가 연결된 가죽끈을 씹기 시작했다. 정신 없이 가죽끈을 씹던 늑대는 그만 마구에 이리저리 엉키고 말았다.

이것을 깨달은 늑대가 깜짝 놀라 벗어나기 위해 발버둥쳤고 그 모습은 마치 쟁기질이 하고 싶어 안달이 난 것처럼 보였다. 그러다가 밭에 쟁기질이 만들어 낸 고랑으로 쟁기를 끌어당기게 되었다. 이때 돌아온 농부가 이 모습을 보고 소리쳤다.

"아, 이런 늙은 강도 녀석! 너도 이젠 도둑질을 포기하고 정직한 노동을 시작하려는 게냐? 잘 생각했다!"

221
늑대와 그림자

한 늑대가 해가 지는 시간에 들판을 배회하다가 자신의 그림자가 큰 것에 감동을 받아 중얼거렸다.

"내가 저렇게 크다니. 이런 내가 그동안 사자를 무서워했단 말인가! 그래, 사자가 아닌 내가 동물의 왕이 되어야 맞는 얘기지!"

늑대는 자신이 왕이 되어야 한다는 사실을 자각하고 위험을 망각한 채 이리저리 활보했다. 바로 그때 사자가 나타나 달려들어 늑대를 집어삼켰다.

늑대는 죽어 가며 이렇게 울부짖었다.

"이럴 수가! 진실을 잊고 망상으로 인해 이렇게 자멸하는구나!"

222
군인과 말

한 군인이 전쟁 동안 자신의 말에게 귀리도 양껏 먹이며 정성껏 보살폈다. 전쟁터에서 어려움을 잘 견디고 필요할 때에는 주인을 위험에서 재빨리 구해 줄 수 있는 강인한 말이 되기를 바랐기 때문이다.

하지만 전쟁이 끝난 뒤 군인은 말에게 온갖 잡일을 시키고 별다른 관심도 쏟지 않았다. 먹이라고는 왕겨밖에 주지 않았다.

그러다가 다시 전쟁이 발발했다. 군인은 말 위에 안장을 얹고 고삐를 맸다. 그리고 자신은 무거운 갑옷을 입고 말등에 올라 전쟁터로 출발했다. 하지만 그간 거의 굶다시피 한 불쌍한 말은 군인의 무게를 견디지 못해 주저앉으며 등에 탄 주인에게 이렇게 말했다.

"주인님께서 이번에는 전쟁터까지 걸어가셔야 되겠군요. 힘든 일을 많이 시키신 데다 제대로 먹지도 못해서 저는 나귀처럼 되었습니다. 아시다시피 단번에 말로 되돌아가는 건 불가능하구요."

223
모기와 사자

옛날에 모기 하나가 사자에게 다가가 이렇게 말했다.

"나는 네가 전혀 무섭지 않아. 힘에서도 넌 내 적수가 될 수 없어. 네가 가진 힘이 결국 이룬 게 뭐지? 발톱으로 할퀴고 이발로 무는 화난 여자처럼 덤비는 것? 그게 뭐라고. 나는 너보다 훨씬 더 강하단다. 내 말을 못 믿겠으면 한번 싸워 볼래?"

모기가 이렇게 말하고 나서 '앵.' 하고 순식간에 날아와 사자의 코를 물어 버렸다. 사자는 모기를 죽이려고 자신의 코를 벅벅

긁었다. 그러나 코에서 피가 날 뿐 모기의 털끝 하나 건드릴 수 없었다. 모기가 승리의 영광을 뽐내며 '윙.' 하고 날아가 버렸다. 하지만 모기는 그만 거미줄에 엉켜 거미에게 잡아먹히고 말았다. 동물의 왕을 이겼다고 생각했지만 곧 곤충의 먹이가 된 것이다.

224
늑대에게 쫓기던 어린양

늑대가 어린양을 추격하고 있었다. 어린양은 한 사원 안으로 몸을 숨겼다. 늑대는 어린양에게 그곳에서 나오라고 나지막이 소리쳤다.

"네가 나오지 않는다면 사제가 너를 잡아 제단의 제물로 바칠 거야."

"신경 써 줘서 고맙지만 난 그냥 여기 그대로 있겠어요. 지금 늑대에게 잡아먹히기보다 언젠가 제단의 제물이 되는 편을 택하겠어요."

225
의사

한 사람이 병을 얻어 침대에 누웠다. 그는 여러 의사의 왕진을 받았다. 모든 의사들이 당장 위독한 것은 아니지만 병이 길어질 것이라고 말했다. 한 의사만 빼고 말이다. 이 의사는 환자가 진찰을 받은 마지막 의사이기도 했는데, 그는 환자에게 최악의 상황을 대비하라고 말했다.

"하루도 채 못 사실 수도 있습니다. 제가 할 수 있는 것은 아무것도 없군요."

의사가 말했다. 하지만 그 의사가 완벽한 오진을 했다는 것이 밝혀졌다. 며칠 후 그 환자가 얼굴이 유령처럼 창백하긴 했지만 침대에서 일어나 주변을 산책하고 다녔기 때문이다.

환자는 산책 도중 자신이 죽을 것이라고 말했던 의사와 마주치게 되었다. 의사가 이렇게 물었다.

"어이쿠, 안녕하신지요? 저승에서 막 돌아오셨나 보군요. 하늘나라로 갔던 사람들은 잘 지내고 계셨지요?"

"편안히 잘 계시는 것 같더군요. 삶의 모든 고난을 잊을 수 있는 망각의 물을 마신 사람들이니까요."

환자가 대답했다. 그리고 이렇게 덧붙였다.

"내가 저승을 떠나기 직전에 보니까 그곳에서는 모든 의사들을 고소할 준비를 하고 있더군요. 이유인즉슨 환자를 자연의 순리대로 죽도록 내버려 두지 않고 그들의 목숨을 유지하도록 기술을 쓰고 다니기 때문이랍니다. 하늘나라에서는 당신도 고소하겠지요. 그때가 되면 당신이 의사가 아니라 그저 사기꾼에 불과하다는 사실을 내가 증언하려고 하오."

226
독수리와 수탉들

농장 마당에 수탉 두 마리가 있었는데 서로 누가 우두머리가 되어야 하는지를 놓고 싸웠다. 이윽고 싸움이 끝나자 진 놈은 어두운 구석으로 가 몸을 숨겼고 이긴 놈은 마구간 지붕 위로 날아올라가 기분 좋게 '꼬끼오.' 하고 울었다. 그때 독수리가 하늘 높은 곳에서 그놈을 발견하고 순식간에 낙하하여 채어갔다. 싸움에서 졌던 수탉은 이제 경쟁자가 없어지자 구석에서 나와 닭장을 지배했다.

*자만은 몰락을 부른다.

227
앵무새와 고양이

한 남자가 앵무새 한 마리를 사 가지고 왔다. 사내는 그 앵무새에게 집 안을 마음대로 돌아다닐 수 있도록 허락했고 앵무새는 자유를 누릴 수 있었다. 앵무새는 벽난로 위로 올라가 마음껏 소리치기도 했는데 이 울음소리가 벽난로의 양탄자 위에서 잠자던 고양이의 잠을 방해했다. 암고양이가 침입자를 올려다보며 물었다.

"넌 누구야? 어디서 온 거지?"

"당신의 주인님이 나를 사서 집으로 데려왔지요."

앵무새가 대답했다. 그랬더니 암고양이가 이렇게 말했다.

"넌 참 버릇없구나. 새로 온 주제에 그렇게 시끄럽게 굴고 있는 거야? 나로 말할 것 같으면 여기서 태어나 지금껏 살았어. 하지만 그런 나도 '야옹.' 하고 소리를 내려면 용기가 필요해. 시끄럽게 굴면 집안 사람들이 내게 물건을 집어 던지거나 온 집 안을 쫓아다니며 날 잡으려고 혈안이 되곤 한단 말이야."

그러자 앵무새가 이렇게 대꾸했다.

"이봐요, 아줌마. 왜 그런지 알겠네요. 그 입 좀 다물어 주세요. 내 목소리는 그들을 즐겁게 만들지만 아줌마 목소리는 정말 소음 그 자체네요."

228
나귀와 마부

마부가 나귀를 몰고 산길 내리막을 내려가고 있었다. 나귀는 한동안 균형을 잘 잡으며 종종걸음으로 잘 내려갔지만 갑자기 길에서 미끄러져 벼랑 끝으로 돌진했다. 나귀가 벼랑 너머로 막 뛰어내리기 직전, 마부는 나귀의 꼬리를 잡고 놓치지 않기 위해 사력을 다했다. 하지만 아무리 애를 써도 절벽 가장자리에 매달린 나귀를 당길 수는 없었다. 마부는 결국 포기하고 이렇게 소리쳤다.

"그래 너 잘났다! 이제 네 마음대로 바닥으로 떨어져 버려라! 그게 바로 급사(急死)지, 뭐겠어?"

229
구두쇠

한 구두쇠가 있었다. 그는 자신의 전 재산을 팔아 금을 한 보따리 샀다. 그리고 금을 모두 녹여 한 개의 덩어리로 만들어 모래밭에 묻었다. 그는 매일 밭으로 향했고 그 보물을 오래도록 바라보며 기뻐했다.

그런데 하인 하나가 주인이 그 장소를 자주 찾는다는 사실을 알게 되었다. 그리고 마침내 그 밭의 비밀을 알아냈다. 하인은 그것을 훔칠 기회만을 노렸다. 드디어 어느 날 밤 하인은 금덩어리를 훔쳐 달아났다.

다음날 구두쇠가 늘 그렇듯 밭에 갔다가 자신의 보물이 없어진 것을 발견하고 머리를 쥐어뜯으며 애통해 했다. 지나던 이웃이 그런 그를 보고 무슨 일이냐고 물었다. 구두쇠가 사실을 털어놓았다. 그에 대한 이웃의 대답은 이러했다.

"이 양반아, 그러면 마음 쓸 것 없이 그 구멍에 벽돌 한 개를 묻어 놔. 그리고 매일 보면 되지 않나? 그게 전에 하던 일과 뭐가 다른가? 금을 가졌을 때도 실질적으로 하나도 쓰지 않았으면서 말일세."

230
노동자와 뱀

한 노동자의 어린 아들이 뱀에게 물린 상처 때문에 죽게 되었다. 아버지는 아들의 죽음을 슬퍼했고 화를 참지 못해 도끼를 들고 뱀 구멍으로 향했다. 그리고 뱀을 죽일 기회를 노렸다.

이윽고 구멍 밖으로 뱀이 나오자 남자가 도끼로 내리쳤다. 하지만 꼬리 끝 부분만 잘라 냈을 뿐 뱀은 다시 구멍 안으로 기어들어갔다.

남자는 포기하는 척하며 뱀이 다시 밖으로 나오도록 계속 유인했다. 그러자 뱀이 안에서 대꾸했다.

"잘린 꼬리 때문에 나는 당신의 친구가 될 수 없고 당신 또한 잃은 자식 때문에 나의 친구가 절대 될 수 없다는 것을 너무나 잘 알고 있어요."

*상처를 준 당사자 앞에서는 그 상처를 절대 잊을 수 없는 법이다.

231

어린 암소와 황소

황소가 쟁기질을 하며 힘겹게 일을 하고 있었는데 어린 암소가 그에게 다가와 그렇게 일을 열심히 하는 이유가 뭐냐며 동정하듯 물었다.

얼마 후 마을에 축제가 열렸고 모든 사람들에게 휴일이 찾아왔다. 황소는 일을 하지 않아도 되어 초원에서 자유를 즐기게 되었다. 하지만 암소는 이날 제물이 되기 위해 잡혀 끌려갔다. 황소가 씁쓸히 미소 지으며 중얼거렸다.

"아, 네가 왜 그렇게 여유롭게 지낼 수 있었는지 이제 알겠다. 너는 제물이 될 몸이기 때문이었구나."

232
사자와 여우와 나귀

사자와 여우와 나귀가 함께 사냥을 나갔다가 큰 사냥감을 잡았다. 사자는 나귀에게 그것을 나누라고 했다.

나귀는 똑같이 삼등분했고 동물들에게 한 무더기씩 골라 가지라고 말했다. 나귀의 말에 사자가 화를 내며 나귀를 공격하여 죽여 버렸다.

이번에는 사자가 여우에게 고기를 나누라고 명령했다. 여우는 고기를 한데 모아 그것이 전부 사자의 몫이라고 말하고 아주 작은 조각을 자신의 몫이라고 했다.

사자가 말했다.

"예쁜 것 같으니라고. 그런 요령은 어디서 배웠느냐?"

여우가 대답했다.

"저요? 나귀에게서 배웠지요."

*다른 이의 불행으로부터 배우는 자에게 행운이 온다.

233
염소지기와 야생 염소

목동이 초원에서 염소들을 돌보고 있었다. 그런데 많은 야생 염소가 다가와 자신의 염소 무리에 섞여 들어가는 것이 아닌가. 날이 저물자 목동은 그 염소들을 모두 데리고 집으로 돌아와 한 우리에 넣었다.

다음날은 날씨가 너무 나빠 염소들을 초원으로 데리고 나갈 수 없었다. 그래서 우리에 넣어 둔 채 먹이를 주었다. 목동은 자신의 염소들에게는 밥을 조금만 주고 야생 염소에게는 그 몫을 더해 먹을 수 없을 만큼 많은 양의 먹이를 주었다. 그들이 자신의 집에 계속 머물러 주기를 바라는 마음이었던 것이다. 목동은 잘 대해 주면 야생 염소들이 이 집을 떠나지 않을 것이라고 믿었다.

날씨가 다시 좋아지자 목동은 염소들을 데리고 초원으로 나갔다. 그런데 산 가까이에 도착하자마자 야생 염소들이 무리에서 빠져나와 모두 도망쳤다. 목동은 몹시 화가 나 그들의 배은망덕함을 욕하며 이렇게 소리쳤다.

"나쁜 놈들 같으니라고! 내가 자기들을 얼마나 극진히 대접했는데! 이렇게 도망을 치다니!"

이 말을 들은 야생 염소 중 한 마리가 뒤돌아보더니 이렇게 말했다.

"네, 그러셨죠. 아주 잘해 주셨죠. 그런데 잘해 주셔도 너무 잘해 주신 게 문제죠. 그래서 우리는 스스로를 보호하기 위해 떠나는 거예요. 원래 염소들보다 새 염소들에게 더 잘해 주시는 걸

보니 또 다른 염소들이 찾아온다면 그들을 챙겨 주느라 우리를 소홀히 하실 테니까요!"

234
새와 짐승과 박쥐

새가 육지의 짐승과 전쟁을 벌였다. 때론 승리하고 패배하며 수많은 전투를 치루었다. 박쥐는 어느 한쪽에도 거취를 분명히 하지 않았다. 새 쪽이 유리해지면 새 사이에 끼어 싸웠고 반대로 육지 짐승이 우세해지면 짐승 속에 끼어 싸웠다.

전쟁이 벌어지는 동안에는 아무도 박쥐에게 관심을 쏟을 틈이 없었다. 하지만 전쟁이 끝나고 평화가 돌아오자 날짐승과 육지의 동물 모두 박쥐 같은 이중적인 배신자를 상대하지 않았다. 박쥐는 오늘날까지도 어느 한쪽에도 끼지 못하고 외톨이처럼 지내고 있다.

235
사자와 늑대와 여우

늙어서 몸이 쇠약해진 사자가 있었다. 그가 자신의 굴에서 꼼짝 못하게 되자 여우를 제외한 숲 속의 모든 짐승들이 안부를 묻기 위해 방문했다. 늑대는 여우에게 진 옛 원한을 갚을 좋을 기회가 찾아왔다고 생각했다. 그는 사자에게 여우가 와 보지 않는다고 강조했다.

"폐하의 문병을 위해 모두들 다녀갔습니다만 여우는 코빼기도 보이지 않는군요. 여우는 폐하의 건강이 염려되지 않는 모양입니다.

늑대가 말했다.

때마침 사자 굴로 문병을 왔던 여우가 늑대의 이야기 끝 부분을 들었다. 어쨌든 사자는 늑대의 말에 심기가 불편해져 여우를 향해 으르렁거렸다.

여우는 자초지종을 설명하겠다며 자신에게 해명할 기회를 달라고 청했다.

"폐하, 그 누가 저만큼 폐하를 생각할 수 있겠습니까? 제가 늦은 이유는 여태껏 여러 의사를 만나 폐하의 병을 고치기 위해 노력했기 때문입니다."

"그런가? 그렇다면 치료법을 찾았느냐?"

사자가 물었다.

"네, 한 가지 방법이 있다고 합니다. 늑대의 가죽을 벗기고 온기가 식기 전에 그 가죽을 몸에 두르면 된다고 하옵니다."

여우가 대답했다. 사자가 곧 늑대를 향해 몸을 돌렸고 자신의 앞발로 내리쳤다. 여우가 찾아온 처방전을 이행하기 위해서였다. 여우는 웃으며 속으로 이렇게 중얼거렸다.

'이게 바로 날 매도하려 했던 것에 대한 대가야, 늑대야.'

236
남자와 두 연인

머리가 희끗희끗하게 변한 중년 남자에게 두 명의 연인이 있었다. 한 명은 늙은 여자였고 한 명은 젊은 여인이었다. 나이가 많은 여인은 애인이 자신보다 젊어 보이는 것이 싫었다. 그래서 남자가 자신을 만나러 올 때마다 그가 더 늙어 보이게 만들려고 남자의 검은 머리를 뽑곤 했다. 반대로 젊은 여인은 애인이 자신보다 훨씬 늙어 보이는 것이 싫어 기회가 있을 때마다 그의 흰머리를 뽑았다.

애인들이 머리카락을 마구 뽑아 대는 바람에 결국 그 남자는 두 여인 사이를 오가는 동안 완전히 대머리가 되고 말았다.

237

사기꾼

한 사람이 병에 걸렸는데 증세가 계속 나빠졌다. 그는 자신이 다시 건강해진다면 소 백 마리를 신께 바치겠노라 맹세했다. 신은 그가 맹세를 잘 지킬지 확인하고 싶어 그의 건강을 잠시 회복시켰다. 사실 그는 소를 한 마리도 갖고 있지 않았다. 그래서 그는 수지로 작은 소 백 마리를 만들어 제단 위에 올리고 신에게 이렇게 외쳤다.

"신이시여! 제가 맹세를 지켰다는 것을 확인해 주십시오!"

신은 그를 공평하게 대접하기로 결심하고 꿈을 하나 보내 주었다. 꿈속에서 신이 남자에게 이르기를, 바닷가에 가면 금화 백 크라운이 있을 테니 그것을 가져오라고 명령했다. 남자가 신나게 바닷가로 나갔고 한 무리의 강도를 만났다. 강도들은 그를 붙잡아 노예로 팔기 위해 데려갔다. 그들이 그를 팔아넘길 때 몸값이 정확히 백 크라운이었다.

*이행할 수 없는 약속을 하지 마라.

238
말과 수사슴

옛날에 말 한 마리가 초원을 독점한 채 풀을 뜯어 먹었다. 어느 날 수사슴 한 마리가 초원으로 들어와 자신도 함께 그곳에서 풀을 뜯을 권리가 있다고 주장했다. 게다가 가장 좋은 곳을 차지했다. 말은 이 불청객에게 복수하고 싶어 인간을 찾아갔다. 그리고 수사슴을 몰아내는 일을 도와 달라고 부탁했다.

"모든 방법을 동원해서 도와줄게. 하지만 우선 너의 입에 재갈을 물리고 내가 네 등에 타도록 허락해 줘야겠다."

인간이 말했다. 말이 이 제안에 동의했고 곧 둘은 함께 수사슴을 초원에서 내몰았다. 그런데 이 작전이 끝나자 말은 놀라운 사실 하나를 깨달았다. 바로 인간이 그의 영원한 주인이 되었다는 사실이다.

239
북풍과 태양

북풍과 태양이 말다툼을 하고 있었다. 서로 상대방보다 자신이 더 강하다고 우겼던 것이다. 결국 그들은 한 나그네에게 자신의 힘을 행사하여 누가 더 빨리 그의 외투를 벗길 수 있는지 보고 판단을 내리기로 했다.

북풍이 먼저 시도했다. 그는 자신의 힘을 모두 모아 무서운 회오리바람을 나그네 주위에 만들었다. 그리고 그 바람으로 외투를 떨쳐 내려고 안간힘을 썼다. 하지만 바람이 더욱 거세지면 거세질수록 나그네는 외투를 더 단단히 여밀 뿐이었다.

태양의 차례가 되었다. 처음에 태양은 나그네의 머리 위로 따사로운 햇볕을 내리쬐었다. 곧 나그네는 외투를 쥐고 있던 손을 풀고 어깨에 헐렁히 걸친 채 걷기 시작했다. 이제 태양은 있는 힘을 다해 햇볕을 내리쬐었다. 나그네는 몇 걸음 가지 않아 외투를 벗고 가벼운 발걸음을 옮겼다.

*설득이 강압보다 나은 법이다.

240
뱀과 제우스

뱀은 몸이 길고 일으킬 수도 없기 때문에 사람과 여타 짐승에게 밟히는 고통을 자주 당했다. 뱀은 제우스를 찾아가 무방비 상태로 위험에 노출될 수밖에 없는 자신의 운명을 불평했다. 하지만 제우스는 별 감정 없이 이렇게 대꾸했다.

"네가 처음으로 너를 밟은 사람을 물기만 했어도 다른 사람들이 발걸음을 옮길 때 더 조심했을 텐데 안타깝구나."

241
병든 수사슴

한 수사슴이 병에 걸려 숲 속 공터에서 쉬고 있었다. 그는 몸이 너무 아파 그곳에서 나올 수가 없었다. 수사슴이 아프다는 소식이 퍼져 다른 짐승들이 문병을 왔다. 그런데 그들은 환자 옆에서 자라는 많지도 않은 풀을 조금씩 뜯어 먹었다. 결국 병든 수사슴의 입이 닿을 만한 곳에는 풀잎이 하나도 남지 않게 되었다.

며칠 후 수사슴의 병이 호전되기 시작했지만 아직 힘이 없어 풀을 찾아 나설 수가 없었다. 결국 수사슴은 동료들의 생각 없는 행동으로 인해 비참하게 굶어 죽고 말았다.

242
까마귀와 갈까마귀

한 까마귀가 갈까마귀를 질투했다. 이유인즉슨 갈까마귀는 인간들에게 미래를 미리 알려 주는 진기한 새로 여겨져 큰 존경을 받았기 때문이다. 까마귀는 자신도 갈까마귀처럼 유명세를 얻고 싶었다. 어느 날 까마귀는 몇몇 여행자들이 가까이 다가오는 것을 발견했다. 그는 근처의 나뭇가지 위로 날아올라 '꺅꺅.' 하고 크게 울어 댔다.

여행자들은 까마귀의 울음소리가 불길한 징조일지도 모른다는 생각에 겁을 먹었다. 그때 한 사람이 까마귀를 발견하고 동료들에게 이렇게 말했다.

"이 사람들아, 그저 까마귀일 뿐이야. 아무 의미도 없다고. 그냥 가던 길이나 어서 가세."

*자신이 뭔가 특별한 것처럼 가장하는 자는 스스로를 우스꽝스럽게 만들 뿐이다.

243
사자와 여우와 수사슴

사자가 병이 들어 자신의 굴에 누워 있었다. 스스로 먹이를 찾을 수 없었던 사자는 문병을 온 자신의 친구 여우에게 이렇게 부탁했다.

"친구, 저 숲으로 가서 거기 사는 큰 수사슴을 내 동굴로 유인해 오렴. 수사슴의 심장과 머리로 영양 좀 보충해야겠어."

이 말을 들은 여우가 숲으로 가서 수사슴을 찾았다. 그리고 이렇게 말했다.

"선생님, 당신은 운이 어찌나 그렇게 좋으신지. 우리들의 왕, 사자님을 아시지요? 그분이 글쎄, 지금 죽기 직전이래요. 그런데 그분이 후계자로 당신을 지명하셨지 뭐예요. 이런 좋은 소식을 제일 먼저 전달한 것이 저라는 사실은 잊지 말고요. 자, 전 지금 사자 왕을 뵈러 가는 참인데, 내 충고를 받아들인다면 당신도 함께 가서 그의 임종을 지키자구요."

자신감이 급상승한 수사슴은 순순히 여우를 따라 사자 굴까지 갔다. 사슴이 굴 안으로 들어서는 순간 사자가 달려들었다. 그런데 사자가 그만 발을 헛디뎌 수사슴의 귀에 상처만 내고 말았다. 수사슴은 얼른 숲 속 자기 집으로 도망쳤다. 여우의 입장이 난처해졌고 사자 역시 안타까움을 금치 못했다. 사자의 몸이 점점 더 나빠졌고 배가 고파졌다. 사자는 여우에게 수사슴을 다시 유인해 달라고 간청했다.

"거의 불가능할 것 같은데……. 하지만 노력해 보겠어요."

여우는 다시 숲으로 향했다. 수사슴이 놀란 가슴을 진정시키며 휴식을 취하고 있었다. 수사슴은 여우를 보자마자 이렇게 소리쳤다.

"이런 사악한 여우 같으니! 나를 꾀어 죽게 만들려고 했지? 대체 왜 그랬어? 어서 돌아가! 그러지 않으면 이 뿔로 너를 죽여 버릴 거야!"

하지만 여우는 뻔뻔하게 이렇게 말했다.

"넌 정말 겁쟁이 같아. 사자님이 정말 너를 헤치려고 그랬다고 생각해? 사자님은 너에게 귓속말로 중대한 비밀을 말씀해 주시려고 했던 거야. 그런데 네가 놀란 토끼처럼 도망가 버렸잖아. 너야말로 사자님의 심기를 건드린 거야. 하지만 그렇다고 네 대신 늑대를 왕으로 세우기야 하시겠어? 얼른 돌아가서 너의 용기를 다시 증명하지 않으면 어떻게 될지 나도 장담할 순 없지만 말이야. 사자님이 너를 해치지 않는다는 것은 내가 약속할게. 그리고 나는 앞으로 너의 충실한 신하가 될 거야."

매우 어리석은 수사슴은 감언이설에 또 속고 말았다.

이번에는 사자 왕이 실수하지 않았다. 수사슴을 공격하여 죽이고 훌륭한 식사를 마련했다. 그동안 여우는 사자가 보지 않는 틈을 타 수사슴의 머리를 훔쳤다. 자신도 수고비쯤은 받아야 한다고 생각했기 때문이다. 당연히 사자는 없어진 수사슴의 머리를 찾기 시작했다. 하지만 찾을 수 없었다. 이것을 바라보던 여우가 이렇게 말했다.

"아무리 찾으셔도 없을 거에요. 사자 굴에 두 번이나 제 발로 걸어 들어온 짐승에게 머리 같은 것이 있을 리가요."

244
늙은이와 죽음

한 늙은이가 숲 속에서 손수 도끼로 장작 한 단을 만들었다. 그리고 그것을 등에 지고 집으로 돌아가고 있었다. 집이 너무 멀어 늙은이는 반도 못 가 완전히 지쳐 버렸다. 그는 짐을 땅에 내던졌다. 그리고 죽음의 신을 향해 이 힘든 생애로부터 자신을 어서 해방시켜 달라고 요청했다.

놀랍게도 노인의 말이 끝나자마자 죽음의 신이 그의 앞에 떡하니 나타났다. 그리고 무슨 요구든 들어주겠다고 말했다. 노인은 기절할 듯 놀랐다. 그는 얼른 정신을 차리고 더듬거리며 이렇게 말했다.

"선한 신이시여. 그렇게 좋으신 분이라면 제가 다시 짐을 지고 일어설 수 있도록 좀 도와주십시오. 그거면 됩니다."

245
여우와 고슴도치

여우 한 마리가 물살이 빠른 강을 헤엄쳐 건너다가 그만 물살에 휩쓸려 강 하류까지 떠내려갔다. 그러는 동안 여기저기 다치고 탈진한 여우는 겨우겨우 땅 위로 기어 올라갔다. 여우는 손 하나 까딱할 힘이 없어 그곳에 뻗어 버렸다. 그때 쇠파리 떼가 그의 몸에 자리를 잡고 피를 빨아 먹었다. 하지만 여우는 그들을 털어 낼 힘조차 없었다. 고슴도치가 그런 여우에게 다가가 자신이 쇠파리를 쫓아 줄지 물었다.

여우가 힘없이 대답했다.

"제발, 제발 부탁이야. 그러지 마. 절대로 안 돼. 이 쇠파리들은 이미 피를 배불리 먹었기 때문에 이제 별로 해롭지 않거든. 그런데 네가 이놈들을 쫓아내면 다른 파리 떼가 와서 내 피를 전부 빨아 먹을 거야. 그럼 내 핏줄 속엔 피가 한 방울도 남지 않을지도 몰라."

246
부인과 농부

한 부인이 최근에 남편을 잃었다. 그녀는 매일 남편의 묘지에 찾아가 슬픔을 토해 내며 애통해 했다. 남편의 묘지와 얼마 떨어지지 않은 곳에서 열심히 쟁기질을 하던 농부가 그 부인을 발견했다. 그는 그녀를 아내로 맞이하고 싶어졌다. 그래서 그는 쟁기를 남겨 두고 그녀에게 다가가 자신도 울기 시작했다.

부인은 농부에게 왜 우냐고 물었고 그는 이렇게 대답했다.

"나도 최근에 아내를 잃었습니다. 많이 사랑했지요. 울고 나면 어느 정도 슬픔이 물러간답니다."

"저도 남편을 잃었답니다."

부인이 말했다. 잠시 동안 두 사람은 그렇게 아무 말 없이 곡을 했다. 얼마 후 농부가 이렇게 말했다.

"당신과 나는 같은 처지군요. 그러니 우리가 결혼해 함께 살면 좋지 않겠습니까? 나는 당신의 죽은 남편을 대신하고 당신은 나의 죽은 아내를 대신하는 겁니다."

그 제안이 합리적이었기 때문에 부인은 동의했다. 그래서 그들은 눈물을 닦고 서로를 추슬렀다.

그동안 다른 한쪽에서는 밭에 도둑이 들어와 농부의 쟁기와 소를 모두 훔쳐갔다. 밭으로 돌아와 모든 것을 도둑맞았다는 사실을 알게 된 농부가 가슴을 치며 큰 소리로 울며 슬퍼했다. 부인이 그가 우는 것을 듣고 다가와 물었다.

"어머나, 아직도 우시는 거예요?"

"네, 이번에는 진짜 울고 있는 겁니다."
농부가 대답했다.

247
마녀

한 마녀가 있었다. 그녀는 자신만의 마법으로 신의 분노를 막을 수 있다고 말하고 다녔다. 그래서 마녀는 돈을 많이 벌었다. 그런데 어떤 사람들이 마녀가 사악한 마력을 가졌다고 고소하고 그녀를 판관들 앞으로 끌고 갔다. 그녀가 악마와 거래를 하고 있으니 사형에 처해야 한다고 요청했다. 마녀는 유죄 판결을 받았다. 그녀가 피고석을 떠날 때 판관 중 하나가 이렇게 물었다.

"피고는 신의 분노를 막을 마법을 쓸 줄 안다고 하지 않았는가? 그렇다면 어째서 인간의 분노는 없애지 못했는가?"

248
부엉이와 새들

부엉이는 매우 현명한 새다. 아주 오랜 옛날 최초의 참나무가 숲 속에서 싹을 틔웠을 때 부엉이는 모든 새를 불러 놓고 말했다.

"이 작은 나무들이 보여? 너희가 내 충고를 받아들인다면, 이것들은 이렇게 작을 때 없애야 해. 왜냐하면 이것이 크게 자라면 겨우살이라는 식물이 이 나무 위에 생기고 거기에서 너희를 잡을 수 있는 끈적끈적한 액이 나오니까."

맨 처음 아마(*줄기가 가늘고 길며 많은 가지를 치는 식물이다. 여기서 나는 섬유로 옷감을 짜거나 그물이나 밧줄을 만든다.)가 파종되었을 때도 부엉이는 새들에게 말했다.

"가서 저 씨앗을 다 먹어 버려야 해. 바로 아마의 씨거든. 사람들이 아마로 우리를 잡는 새 그물을 만드니까."

처음 활 쏘는 사람을 보았을 때 부엉이는 또다시 새들에게 경고했다. 저 인간은 무서운 적이며 깃털 달린 화살로 새를 맞혀 떨어뜨릴 것이라고 말이다. 새들은 부엉이의 말을 귀담아듣지 않았다. 오히려 부엉이가 미친 것이라고 생각하고 비웃기까지 했다.

하지만 모든 것이 부엉이가 예언한 대로 되자 그들은 생각을 바꾸고 부엉이를 존경하게 되었다. 그 후부터 새들은 부엉이가 나타날 때마다 유익한 이야기를 들려줄 것이란 희망을 가지고 그의 시중을 들었다. 하지만 부엉이는 더 이상 그들에게 충고를 해 주지 않았다. 그저 다른 새들의 우매함을 무덤덤하게 바라보며 명상에 잠길 뿐이었다.

Arthur Rackham 1912

249
개들과 여우

옛날에 개 몇 마리가 사자 가죽을 발견하고 이빨로 물어 흔들고 있었다. 지나가던 여우가 이것을 보고 이렇게 말했다.

"너희는 스스로가 용감하다고 생각하겠지? 하지만 만약 저것이 살아 있는 사자라면 저것의 발톱이 너희 이빨보다 훨씬 더 날카롭다는 것도 알고 있겠지?"

250
독수리와 화살

독수리 한 마리가 높은 바위 위에 자리 잡고 앉아 있었다. 그는 날카로운 눈으로 아래를 응시하며 먹잇감을 찾고 있었다. 그때 산의 갈라진 틈에 숨어 사냥감을 찾던 사냥꾼이 독수리를 발견하고 화살을 쏘았다. 화살촉은 독수리의 가슴을 정통으로 때리고 몸통을 완전히 관통했다. 독수리는 죽음의 고통 속에서 화살촉을 바라보며 이렇게 외쳤다.

"아, 잔인한 운명이여! 내가 이렇게 죽다니! 나를 죽인 화살 끝에 독수리 깃털이 장식으로 달려 있어 비참하기 짝이 없구나!"

251
목자와 잃어버린 황소

한 목자가 소를 돌보고 있었다. 그런데 어느 날 소 중에서 가장 훌륭한 어린 황소를 잃어버렸다. 그는 곧장 그 소를 찾으러 나섰다. 하지만 결국 찾지 못했고 그는 황소 도둑을 잡으면 제우스에게 송아지 한 마리를 바치겠다고 맹세했다.

그는 다시 황소를 찾아 나섰다. 그러다 숲으로 들어가게 되었는데 그곳에서 한 사자가 자신이 잃어버린 황소를 먹고 있는 것이 아닌가! 기겁한 그는 하늘을 향해 양손을 치켜들고 이렇게 외쳤다.

"위대하신 제우스 님이시여! 도둑을 잡으면 당신께 송아지를 바치겠다고 맹세했습니다! 지금 그 맹세를 수정해도 괜찮을까요? '저 사자의 손에서 제 황소를 무사히 탈출할 수 있게만 해주시면 황소가 다 자란 후 당신께 바치겠습니다.'라고 말입니다!"

252
채권자와 암퇘지

아테네 사람 하나가 빚을 졌다가 갚지 못해 채권자에게 독촉을 받았다. 그는 돈을 갚을 수가 없어 날짜를 미뤄 달라고 부탁했지만 채권자는 거절했다. 그래서 그는 자신이 가진 유일한 재산인 암퇘지를 팔기 위해 시장으로 향했다. 그런데 채권자도 우연히 그곳에 있었다. 곧 돼지를 살 사람이 나타나 암퇘지가 튼튼한 새끼를 낳느냐고 묻자 돼지 주인이 이렇게 대답했다.

"물론이지요. 아주 좋은 새끼를 낳아요. 그런데 놀라운 것은 이 돼지가 미스테리아(*곡식의 여신 데메테르를 받드는 기념일.)에는 암퇘지를 낳고 파나테나이아(*아테나의 탄생 기념 축일.)에는 수퇘지를 낳는다는 사실이에요."

아테네 사람들은 미스테리아 축일에는 제물로 암퇘지를 바치며 파나테나이아에는 수퇘지를 바친다. 그때였다. 옆에서 구경하던 채권자가 끼어들어 이렇게 말했다.

"놀라지 마십시오. 글쎄 더 대단한 것이, 이 암퇘지는 디오니소스 주신제에는 염소도 낳는답니다!"

253
암사자와 암여우

여느 어머니가 다 그렇듯 암사자와 암여우도 자신의 어린 새끼에 대해 대화를 하고 있었다. 얼마나 건강하게 잘 자라며 아름다운 털과 가죽을 가졌는지 그리고 얼마나 자신을 닮았는지를 자랑했다.

"내가 낳은 새끼를 보는 것이 삶의 기쁨이지요."

어미 여우가 이렇게 말하곤 악의가 섞인 말을 덧붙였다.

"그런데 댁은 자식이 겨우 하나지요?"

이 말을 들은 암사자는 으스대며 이렇게 말했다.

"네, 하지만 수사자지요."

254
도시 쥐와 시골 쥐

도시에 사는 쥐와 시골 쥐가 있었다. 그들은 친구 사이였다. 어느 날 시골 쥐가 들판에 있는 자신의 집으로 도시 쥐를 초대했다. 그들은 보리와 여러 가지 뿌리로 차린 식사를 하게 되었다. 뿌리에는 흙냄새가 남아 있었고 서울에서 온 손님의 입맛에는 그다지 맞지 않았다.

도시 쥐는 시골을 떠나며 이렇게 말했다.

"사랑하는 나의 불쌍한 친구야, 너의 생활은 어째 개미보다도 못한 것 같아. 이제 내가 어떻게 지내는지 보자꾸나. 내 식품 보관실에는 언제나 먹을 것이 풍성하단다. 도시에 있는 우리 집에서 머물러 봐. 너를 호강시켜 주겠다고 장담할 수 있어."

도시 쥐는 시골 쥐를 데리고 도시에 도착했다. 그리고 자신의 식품 보관실을 보여 주었다. 그곳에는 밀가루, 귀리, 무화과, 꿀과 대추 등이 보관되어 있었다. 시골 쥐는 이런 것을 처음 보았다. 시골 쥐는 친구가 준비한 진귀한 음식을 즐기기 위해 자리에 앉았다. 그들이 막 식사를 시작하려던 때 식품 보관실의 문이 열리더니 누군가가 들어왔다. 두 생쥐는 허겁지겁 자리를 피해 달아나 좁고 불편한 구멍 속으로 몸을 숨겨야만 했다. 곧 사방이 조용해지자 두 쥐는 위험을 감수하고 다시 나왔다. 하지만 곧 다른 사람이 들어왔고 그들은 다시 달아나야만 했다.

시골에서 온 손님은 참을 수가 없었다. 그는 이렇게 말하며 자리를 떴다.

"잘 있어, 친구. 난 이제 돌아갈 거야. 너는 마음껏 호사를 누리며 사는지 모르겠지만 위험에 둘러싸여 있어. 나는 뿌리와 곡식으로 간소한 음식을 먹지만 평온하게 지낼 수 있지."

255
슬픔의 신과 그의 특권

제우스가 여러 신에게 저마다의 특권을 주었다. 하지만 그 특권을 정할 때 슬픔의 신은 자리에 참석하지 않았다. 모두가 특권을 받았고 슬픔의 신도 자신의 특권을 요구했다. 슬픔의 신을 위해 남겨 놓은 특권이 없었기 때문에 제우스는 난감하기 그지없었다. 결국 제우스는 슬픔의 신에게 죽은 자를 위해 흘리는 눈물을 주기로 결정했다.

이제 슬픔의 신은 다른 신들과 동등해진 것이다. 인간에게 어떤 일이 생겨 슬픔의 신이 능력을 쓸 때가 오면, 그는 자신의 특권을 계속 쓸 수 있는 기회를 얻는다. 사람들로 하여금 눈물을 계속 흘리게 만들 수 있는 그 특권을 말이다. 그러니까 여러분, 죽은 사람을 위해 오랫동안 슬퍼하는 것은 좋은 일이 아니다. 더군다나 당신의 슬픔을 자신의 유일한 기쁨으로 여기는 슬픔의 신은, 눈물을 흘릴 또 다른 원인을 당신에게 제공할 것이다.

256
늑대를 추격하는 개

개 한 마리가 늑대를 쫓고 있었다. 개는 자신이 멋진 녀석이며 강한 다리를 가졌고 빨리 달릴 수 있다고 여겼다.

"저기에 그 늑대가 있군. 참 불쌍한 짐승이야. 내 상대가 못 되지. 저놈도 그것을 알고 있으니 저렇게 달아나고 있겠지."

바로 그 순간 늑대가 뒤를 돌아보며 이렇게 말했다.

"이봐, 내가 너를 피해 도망치고 있단 착각은 하지 마라. 내가 무서운 것은 네 주인이니까."

257
여우와 가시나무

여우 한 마리가 울타리를 넘다가 다리를 헛디뎠다. 그래서 균형을 잡으려고 가시나무를 움켜잡았다. 당연히 여우는 여기저기 심하게 긁혀 상처를 입었다. 여우가 가시나무에게 소리쳤다.

"내가 원한 것은 너의 도움이었는데, 이걸 봐. 네가 나를 어떻게 대했는지! 차라리 넘어지는 게 더 나을 뻔했잖아!"

여우가 소리쳤다.

"아니, 친구야, 나조차도 필요할 때는 내가 아닌 다른 것을 붙잡는데 너는 대체 왜 나를 붙잡은 거야?"

258
공작새와 학

공작새가 학의 평범한 털을 보며 놀려 댔다.

"날 봐. 이런 아름다운 털을 본 적 있니? 그런데 네 깃털은 왜 그 모양이니?"

"네 말이 맞아. 네 털이 내 털보다 멋있지. 하지만 나는 하늘 높이 날 수가 있어. 그저 수탉처럼 땅에 붙어 살 수밖에 없는 너보다 낫지 않니?"

학의 대답이었다.

259
수사슴과 사자

수사슴 한 마리가 사냥개를 피해 굴로 들어왔다. 수사슴은 그곳에서 사냥개로부터 안전하기를 바랐다. 하지만 불행하게도 그 굴에는 사자 한 마리가 살고 있었고 사자는 사슴을 손쉽게 잡아먹을 수 있었다.

"아 불행한 나의 인생이여! 개를 피해 달아난다고 사자의 손아귀로 들어와 버렸네!"

*하나를 피해 다른 것을 선택했으나 그 차선책이 더 좋지 않을 수도 있다.

260
나귀와 늙은 농부

늙은 농부가 풀밭에 앉아 옆에서 풀을 뜯어 먹는 자신의 나귀를 물끄러미 바라보고 있었다. 그때 무기를 든 사람들이 몰래 나귀에게 접근하는 것을 발견했고 그는 벌떡 일어나 나귀에게 어서 함께 달아나자고 부탁했다.

"안 그러면 우리 둘 모두 적에게 붙잡힐 거야."

하지만 나귀는 느긋하게 돌아보며 이렇게 말했다.

"잡혀간다고 해도 저들이 지금 제가 짊어지는 것보다 더 무거운 짐을 운반하라고 할까요?"

"그렇지는 않겠지."

주인이 대답했다.

"오, 그렇군요. 그렇다면 저들이 저를 잡아가도 상관없어요. 설마 지금보다 더 힘들기야 할까요!"

261
사냥개와 산토끼

한 사냥개가 산토끼를 쫓아 잡은 다음 이빨로 물었다. 그런데 잠시 후 토끼를 놔주고 신이 난다는 듯 껑충껑충 뛰며 돌아다니기 시작했다.

어리둥절해진 산토끼가 물었다.

"너의 진짜 모습이 뭐야? 네가 나의 친구라면 왜 나를 문 거지? 그리고 만약 네가 적이라면 왜 나와 함께 뛰노는 거지?"

*이중적인 모습을 보이는 자는 친구가 아니다.

262
사자와 곰과 여우

사자와 곰이 동시에 새끼 염소를 잡았는데 서로 갖겠다고 싸웠다. 그러다 보니 두 짐승은 완전히 지쳐 버렸고 심한 부상도 입었다. 그들은 숨을 헐떡이며 바닥에 너부러졌다. 그런데 여우 한 마리가 근처에서 이 싸움을 지켜보고 있었다. 싸운 당사자들이 탈진한 채 손 하나 까딱하지 못하고 누워 있는 것을 확인한 여우는 그 새끼 염소를 들고 달아났다. 두 동물이 망연자실해 서로 얼굴만 바라보다 그중 하나가 다른 하나에게 말했다.

"싸운 건 우리인데 최후의 승자는 결국 여우가 되어 버렸군!"

263
농부와 황새

한 농부가 파종한 밭의 씨를 주워 먹으려는 학을 잡기 위해 덫을 두었다. 농부가 덫을 확인하러 와 보니 학이 몇 마리 잡혀 있었는데 그중에 황새 한 마리도 끼어 있었다. 그 황새는 살려 달라고 애원하며 이렇게 말했다.

"아저씨는 저를 죽이시면 안 돼요. 제 깃털을 보시다시피 저는 황새이고, 황새는 새 중에서 가장 정직하며 사람들에게 해를 끼치지 않으니까요."

"네가 황새든 말든 나한텐 상관없다. 그저 내 곡식을 망치는 학 사이에 있었으니 학과 마찬가지로 대할 것이다."

농부의 대답이었다.

*나쁜 무리와 어울리면 아무리 자신은 나쁘지 않다고 우겨도 믿을 사람은 아무도 없다.

264
게와 여우

옛날에 게 한 마리가 바다를 떠나 해안에서 좀 떨어진 육지의 초원에 정착했다. 초원이 푸르고 비옥해 먹이가 많을 것처럼 보였기 때문이다. 그때 배고픈 여우가 지나는 길에 게를 발견하고 그것을 잡았다. 막 잡아먹히려는 순간 게가 이렇게 중얼거렸다.

"나는 자업자득이야. 특별한 이유도 없이 바닷가 내 집을 떠나 내가 속해 있지도 않은 육지에 정착하려 했으니까."

*자신의 운명에 만족하라.

265
개와 물그림자

개 한 마리가 고기 한 덩어리를 입에 물고 냇물 위에 놓인 널빤지 다리를 건너고 있었다. 그리고 우연히 물에 비친 자신의 그림자를 보게 되었다.

개는 그 그림자가 자신의 것보다 두 배나 큰 고기를 가진 다른 개라고 생각했다. 개는 자신의 고깃덩어리가 떨어지는 것도 모르고 더 큰 고깃덩어리를 얻기 위해 상대편 개에게 달려들었다. 당연히 개는 아무것도 얻지 못했다. 그 고깃덩어리는 단지 물그림자였고 진짜 고깃덩어리는 이미 물살에 떠내려간 뒤였다.

266
까마귀와 뱀

굶주린 까마귀 한 마리가 햇볕 잘 드는 곳에서 가만히 누워 있는 뱀을 발견했다. 그리고 발톱으로 뱀을 잡아 방해받지 않고 식사할 수 있는 곳으로 향했다. 그때 뱀이 고개를 들어 까마귀를 물어 버렸다. 하필 그 뱀이 독사였기에 까마귀는 치명상을 입었다. 죽어 가는 까마귀가 이렇게 중얼거렸다.

"아 불행한 운명이여! 운 좋게 먹잇감을 얻었다고 생각했는데 그 대가가 나의 생명이었을 줄이야!"

267
포로로 잡힌 나팔수

한 나팔수가 군대의 선봉에 서서 전쟁터로 행군하는 전우에게 사기를 북돋는 곡을 연주하고 있었다. 그러다가 적에게 잡히고 말았다. 그는 살려 달라고 애원하며 이렇게 말했다.

"저를 죽이지 마십시오. 저는 아무도 죽이지 않았습니다. 저는 무기도 없고 여기 이 나팔만 가지고 다닐 뿐이에요."

"그게 바로 네가 죽어야 할 더 큰 이유야. 너 자신이 직접 싸우지 않을지언정 다른 군인들이 잘 싸우도록 독려하고 있잖아."

적군의 대답이었다.

268

헤라클레스와 플루토스

헤라클레스가 신의 세계에 합류한 것을 기념하기 위해 제우스가 잔치를 열었다. 헤라클레스는 부의 신인 플루토스를 제외한 모든 신들의 환영 인사에 정중히 응대했다. 그런데 플루토스가 헤라클레스에게 다가가자 헤라클레스는 눈을 내리깐 채 몸을 돌려 그를 무시했다.

이것을 본 제우스는 헤라클레스의 그런 행동이 이해되지 않아 놀랐다. 제우스는 다른 신들에게는 그렇게 공손하더니 프루토스에게는 왜 그러느냐고 물었고 헤라클레스가 대답했다.

"폐하, 그것은 제가 플루토스를 좋아하지 않기 때문입니다. 그 이유는 그와 제가 함께 지상에서 지낼 때 플루토스가 항상 사악한 자들과 어울리는 것을 보았기 때문입니다."(*부자는 항상 나쁜 일을 하는 사람들과 어울린다는 사실을 비꼬아 말한 것이다.)

269
개들과 생가죽

굶주림 끝에 죽어 가던 개들이 있었다. 그러다 그들은 강물 속에 버려져 있던 짐승 가죽 몇 개를 발견했다. 하지만 강물은 깊었고 그들이 생가죽을 건질 방법은 없을 것 같았다. 그들은 회의 끝에 생가죽을 건질 수 있을 만큼 수면이 낮아지도록 강물을 마시기로 결정했다. 하지만 강물의 수면이 낮아지기 한참 전에 그들은 마신 물로 인해 배가 터져 버렸다.

270
천문학자

옛날에 한 천문학자가 있었다. 그는 밤마다 밖에 나가 별을 관찰했다. 어느 날 밤 그는 도시로 나가는 대문 밖에서 이리저리 서성였다. 그런데 생각에 몰두한 채 하늘만 바라보고 걷다가 그만 물이 마른 우물 속으로 빠지고 말았다. 그는 우물 저 아래에 누워 신음했다. 지나던 행인이 소리를 듣고 우물가로 다가와 아래를 내려다보았다. 상황을 파악한 행인이 이렇게 말했다.

"저 위의 하늘만 쳐다보느라 자신이 서 있는 땅 위에서 이런 실수를 하게 된 것이라면, 어쩐지 자업자득인 것 같군요."

271
수사슴과 포도 넝쿨

수사슴 한 마리가 사냥꾼에게 쫓기다가 잎이 울창한 포도 넝쿨 아래로 몸을 숨겼다. 사냥꾼은 자신이 놓친 사슴이 가까운 곳에 있다는 것을 알아채지 못하고 그냥 지나쳤다.

수사슴은 위험을 넘겼다고 생각하여 포도 넝쿨 잎을 뜯어 먹기 시작했다. 포도 넝쿨 잎이 움직이자 사슴을 찾지 못하고 되돌아오던 사냥꾼이 이상한 낌새를 눈치챘다. 그리고 그중 한 명이 그곳에 짐승이 숨어 있다고 생각하여 맞든 안 맞든 잎 사이로 화살을 쏘았다. 화살은 이 불쌍한 사슴의 심장을 관통했고 수사슴은 죽어 가며 이렇게 말했다.

"나를 보호해 주었던 잎을 먹는 배신을 저질렀으니 난 죽어도 마땅해."

272
도둑들과 수탉

도둑 몇이 어느 집에 침입했지만 훔쳐 갈 만한 것이라고는 수탉 한 마리밖에 찾지 못했다. 그들은 하는 수 없이 수탉을 들고 집을 나섰다. 도둑 중 하나가 저녁을 만들기 위해 수탉을 막 죽이려던 참에 수탉이 선처를 부탁한다며 이렇게 울었다.

"제발 살려 주세요. 저는 쓸모가 참 많은 짐승이랍니다. 아침마다 울어 선량한 사람들을 잠에서 깨우고 일을 나가게 하지 않습니까?

그 말을 들은 도둑이 화난 목소리로 이렇게 대답했다.

"그래, 이 녀석아. 네가 그러기 때문에 우리가 먹고살기가 어려운 거야! 얼른 냄비 속으로 들어가기나 해!"

273
개와 요리사

한 부자가 많은 친구와 친척을 초대하여 잔치를 벌였다. 그 집에는 기르던 개가 있었는데 그 개는 자신도 친구를 초대할 좋은 기회라고 생각했다. 그래서 친구를 찾아가 이렇게 말했다.

"우리 주인이 잔치를 열 거야. 맛있는 음식이 많을 테니 오늘 밤에 우리 집에 와서 나와 함께 먹자."

초대받은 개가 부잣집을 찾아왔고 부엌에서 음식이 준비되는 것을 보고 생각했다.

'난 행운아야. 앞으로 이삼 일은 굶어도 될 정도로 실컷 먹으리라.'

초대받은 개는 초대받은 기쁨을 표시하기 위해 친구 개를 향해 꼬리를 신 나게 흔들었다. 그때 요리사가 이 모습을 발견했다. 부엌에 들어온 낯선 개를 본 요리사는 개의 뒷다리를 잡아 창밖으로 던져 내쫓았다. 초대받은 개는 땅에 세게 떨어졌고 비참하게 울부짖었다. 그는 발을 절며 있는 힘껏 달아났다. 얼마 후 그가 다른 친구들을 만났다. 개들이 그에게 물었다.

"어떤 음식을 먹었어?"

그 개는 이렇게 대답했다.

"굉장한 날이었어. 와인을 너무 많이 마셨던 나머지 내가 그 집에서 어떻게 나왔는지도 기억이 안 나는걸!"

*남의 돈으로 베푸는 호의를 조심하라.

274
사냥꾼과 말을 탄 남자

한 사냥꾼이 사냥을 나섰다가 산토끼 한 마리를 잡는데 성공했다. 그것을 가지고 집으로 돌아가는 중에 사냥꾼은 말을 탄 남자를 만났다.

"사냥에 성공하셨군요."

남자가 사냥꾼에게 자신이 그것을 사겠다고 말했다. 사냥꾼은 토끼를 건네주었다. 그런데 말 탄 남자가 토끼를 받자마자 말을 달려 순식간에 도망쳐 버렸다. 사냥꾼은 얼마간 그 남자의 뒤를 쫓아가 보았지만 자신이 속았다는 것을 깨우치고 곧 포기했다. 그러면서 이렇게 소리쳤다.

"그래요! 됐습니다! 토끼를 가지시오. 어차피 누군가에게 선물로 주려 했으니까!"

275
새 사냥꾼 그리고 자고새와 수탉

어느 날 새 사냥꾼이 나물과 빵밖에 없는 소박한 저녁 식사를 하려던 중이었다. 그런데 갑자기 친구가 찾아왔다. 식품 보관실에 남은 음식이 없었던 터라 다른 새를 유인하는 데 쓰려고 길들였던 자고새를 잡기 위해 목을 졸랐다. 그랬더니 자고새가 이렇게 울부짖었다.

"지금 저를 죽이시려는 거예요? 다음번 새 사냥을 나가실 때 제가 없으면 어떻게 하실 건데요? 그물로 새를 끌어들이기 힘드실 텐데요."

새 사냥꾼은 이 말을 듣고 새를 놓아주고는 닭장으로 가서 살찐 닭을 잡으려고 했다. 주인이 무엇을 하려는지 알아차리자 그 수탉 역시 살려 달라고 애원했다.

"저를 죽이시면 주인님께서는 시간을 어떻게 알지요? 아침에 일하러 나가실 때 누가 주인님을 깨운단 말입니까?"

그러자 새 사냥꾼은 이렇게 대답하고 수탉을 잡았다.

"네가 시간을 알려 준다는 걸 나도 알고 있지. 하지만 내 친구에게 저녁도 대접하지 못하고 재울 순 없지 않느냐."

276
여우와 뱀

뱀 한 마리가 강을 건너던 중 물살에 떠내려가게 되었다. 뱀은 갖은 노력 끝에 옆에 보이던 한 묶음의 가시나무 위로 기어오를 수 있었다. 하지만 가시나무도 똑같이 물살에 떠내려가고 있을 뿐이었다. 강둑에서 이 모습을 바라보던 여우가 이렇게 소리쳤다.

"어머나! 그 배에 그 승객이지, 뭐야!"

277
강과 바다

아주 먼 옛날 강이 물을 짜게 만드는 바다에게 항의하기 위해 시위 단체를 조직했다. 그들은 바다에게 이렇게 외쳤다.

"당신과 만나기 전까지 우리는 맛도 좋고 마실 수 있는 물이었습니다! 그런데 당신과 섞이기만 하면 우리는 당신네 물처럼 짜게 변해서 사람과 동물이 마실 수 없어집니다!"

그러자 바다가 짧게 대답했다.

"그럼 나한테 오지 마. 그러면 너희는 계속 그렇게 맛 좋은 물로 남아 있을 테니."

278
베짱이와 부엉이

속이 빈 나무에 사는 부엉이는 밤에 밥을 먹고 낮에는 잠을 자는 습성이 있었다. 하지만 나뭇가지에 집을 정한 베짱이의 울음소리 때문에 낮잠을 방해받기 시작했다. 부엉이는 자신이 잠자는 동안 노래를 삼가 달라고 계속 부탁했지만 베짱이는 아랑곳 않고 더 요란하게 울어 댈 뿐이었다.

결국 부엉이의 참을성이 한계가 이르자 그 해충을 없애기로 결심했다. 부엉이는 상냥한 태도로 베짱이를 방문해 이렇게 말했다.

"아폴론의 수금 소리처럼 아름다운 네 노래가 듣고 싶어. 아테나가 저번에 주고 간 감로주가 있는데 우리 집에 와서 함께 마시지 않으련?"

베짱이는 자신의 노래에 대한 칭찬을 듣고 우쭐해진 데다 맛이 좋은 술이 있다는 말에 군침이 돌았다. 베짱이는 얼른 부엉이가 앉아 있는 구멍 안으로 들어갔고 부엉이는 그 틈을 노려 베짱이를 공격해 먹어 버렸다.

279

베짱이와 개미

맑은 겨울날이었다. 몇 마리 개미가 긴 장마 동안 눅눅해진 곡식을 꺼내 말리고 있었다. 한 베짱이가 나타나더니 곡식 몇 알을 나누어 달라고 부탁하며 말했다.

"너무나 배가 고파서요……."

개미들은 규칙에 위배되는 것을 알고 있었지만 잠시 일손을 멈추고 이렇게 물었다.

"당신은 지난여름 내내 무엇을 했나요? 왜 겨울에 먹을 양식을 모아 두지 않은 거죠?"

"노래 부르느라 바빠 시간이 없었지요."

베짱이가 대답했다.

"당신이 노래로 여름을 보냈다면 이번 겨울은 춤을 추며 보내는 게 어때요?"

개미들은 이렇게 대꾸하고 자기들끼리 비웃으며 멈췄던 일을 계속했다.

280
새장 속의 새와 박쥐

울새 한 마리가 새장에 갇혀 있었다. 이 새는 모든 새들이 잠든 한밤에 우는 버릇이 있었다. 어느 날 박쥐 한 마리가 날아 들어와 새장의 철창에 매달렸다. 그리고 새에게 낮에는 울지 않고 밤에만 우는 이유를 물었다.

"나만의 이유가 있어. 사냥꾼이 그물로 나를 붙잡은 건 내가 낮에 노래를 불러 내 목소리에 이끌렸기 때문이야. 그 이후로 나는 밤에만 울기로 결심했어."

울새가 대답했다.

"하지만 네가 이미 이렇게 잡혀 있으니 이젠 소용없는 일이야. 그런 건 네가 잡히기 전에 했어야지."

*일이 벌어진 후에 조심하는 것은 소용없다.

281
여우와 표범

여우와 표범이 자신들의 외모에 대해 싸우고 있었다. 서로 자신이 더 잘생겼다고 주장한 것이다.

"야, 이 멋있는 털가죽을 좀 보렴. 너는 이런 것도 없잖아."

표범이 말했다.

"너의 털외투가 멋있을지 모르겠지만 내 기지는 너의 머리와 비교할 수가 없지."

282
장미와 아마란스

정원에 장미와 아마란스가 만개했다. 아마란스가 이웃인 장미에게 이렇게 말했다.

"너의 아름다움과 달콤한 향기가 부러워. 전 세계 모든 사람들이 너를 좋아하는 것은 너무나 당연해."

하지만 장미는 슬픈 목소리로 이렇게 대답했다.

"하지만 친구, 내 꽃이 피어 있는 기간은 아주 잠시야. 곧 꽃잎은 시들어 떨어질 거고 그렇게 되면 난 죽게 될 거야. 하지만 네 꽃은 잘려 가긴 해도 절대 시들지 않고 영원하잖아."

283
백조

백조는 일생에 단 한 번 운다는 설이 있다. 자신이 죽을 때가 다가왔음을 알게 되면 운다는 것이다. 예전에 백조의 노래를 들어 본 사람이 있었다. 어느 날 그는 시장에 팔려고 내놓은 새 중 백조 한 마리를 보고 그것을 사서 집으로 가져왔다.

며칠 후 그 사람은 몇몇 친구들을 만찬에 초대하고 백조를 꺼내 왔다. 그리고 손님을 즐겁게 대접하기 위해 노래하라고 명령했다. 하지만 백조는 침묵을 지켰다.

그렇게 세월이 흘러 백조가 자신의 죽음이 다가오고 있음을 알아차렸다. 그는 감미로우면서도 절절한 노래를 부르기 시작했다. 주인은 그 노래를 듣고 화가 나 이렇게 말했다.

"저 짐승이 죽기 전에만 노래를 한다면, 그날 노래를 듣기 위해 내가 얼마나 바보 같은 짓을 했던가. 노래하라고 강요하지 말고 그냥 목을 비틀었으면 되었을 텐데!"

284
말과 나귀

자신의 훌륭한 마구를 무척이나 자랑스러워하던 말 한 마리가 있었다. 어느 날 그는 길에서 무거운 짐을 지고 있는 나귀와 마주쳤다. 나귀는 말이 지나가도록 길을 비켜 주어야 했지만 열심히 움직여도 짐 때문에 빨리 비킬 수 없었다. 말은 나귀더러 빨리 움직이라고 발로 차 주고 싶었다. 그러나 충동을 참고 큰 소리로 짜증을 표시했다. 나귀는 아무 말도 할 수 없었지만 말의 오만함을 잊지 않았다.

얼마 후 말이 늙어서 체력이 떨어졌고 한 농부에게 팔려 가게 되었다. 그리고 그곳에서 퇴비 운반 마차를 끌게 되었다. 그러던 어느 날 그 나귀와 다시 만났다. 이번에는 나귀가 말을 조롱하며 이렇게 말했다.

"하하! 당신이 이 꼴이 될 줄은 상상도 못했겠죠? 그렇게 오만을 떨더니 고소하다! 그 화려했던 마구는 다 어디 갔나요?"

2,500년 전 전설적 현인이 전하는 삶의 지혜와 치유의 메시지

옛 기록으로 살펴보는 이솝의 정체

이솝(그리스 어로 아이소포스.)은 오늘날의 그리스와 불가리아와 터키가 위치한 발칸 반도 지방의 노예였다. 당시에는 성실하거나 특별한 공로가 있는 노예의 신분 구속을 풀어 주는 노예 해방 제도가 존재했다. 이솝은 이 과정을 통해 자유를 얻었다고 전해진다. 전쟁의 위험으로부터 사모스 인을 구해 낸 공로가 인정된 것이라는 설과 이솝의 주인이 그의 영명함을 알아보고 놓아주었다는 설이 있다. 어쩌면 둘 다인지도 모르겠다.

노예 신분에서 해방된 이솝은 여러 지방을 여행하는 동안 많은 것을 보고 듣고 느끼며 깨닫게 되었을 것이다. 이런 이야기를 사람들에게 전하기 시작했고 점점 많은 이들이 그의 이야기에 매혹되었다. 이솝은 소아시아 리디아 왕국의 수도 사르디스에 정착했다. 동물의 말과 행동을 통해 인간의 본성을 그

›››

리고 도덕과 정직 그리고 삶의 지혜를 전하는 이솝의 촌철살인 같은 이야기는 사람들 사이에서 빠르게 퍼져 나갔다. 당시 리디아 국왕이었던 크로이소스 왕은 현자(賢者)에 대한 총애가 유별났고 이솝에게 재상의 자리까지 내주었다. 이솝은 크로이소스 왕의 곁에서 더 많은 공부를 하고 본격적으로 우화를 창작했다.

기원전 300년경 아테네 지도자 중 한 사람이 이솝 사후에 구전되던 그의 이야기를 모아 『이솝 이야기 모음』이라는 모음집을 편찬했다고 한다. 로버트 템플이 쓴 『우화 전집』의 서론에서는 이솝이 우화 이야기꾼으로 너무나 유명했기 때문에 이솝 이후로 몇 세기 동안이나 재미있는 우화에는 모조리 그의 이름을 붙였다는 일화를 소개한다. 그 후로도 이솝의 이야기는 여러 사람의 손을 거쳐 다듬어지면서 현재의 형태를 갖추게 되었다.

이솝에 관한 이야기는 헤로도토스와 소크라테스를 비롯한 고대 그리스 학자들의 기록 속에 남아 있고 그 외에도 많은 사람들이 기록을 남겼다. 로버트 템플에 의하면 이솝에 대해 가장 잘 알고 있었던 고대 인물은 그리스의 철학자 아리스토텔레스였다. 그는 수수께끼나 속담, 전래 동화 등을 수집했는데 그중에는 이솝의 우화도 포함되었다는 것이다. 그의 저서 『기상학』과 『동물의 신체 부위』에도 이솝의 우화가 등장한다고 전해진다.

끊임없이 재생산되는 우화의 매력

현재 보급되어 있는 이솝 우화는 과거에 비해 많이 정제되고 편집된 것이다. 우화의 원형은 거칠고 잔인하기 그지없다. 정치를 비판하고 어리석은 자와 거짓된 자를 신랄하게 조롱한다. 잔혹한 동물 또는 인간 세상의 무질서와 무한 경쟁을 보여 주며 모함과 배신과 속임수 등을 적나라하게 들춰내는 것이다.

이솝이 그랬듯이 많은 작가들도 우화의 형태를 빌어 정치와 사회를 비판하고 교훈을 주려고 했다. 17세기 영국 작가 초서, 프랑스의 라퐁텐, 18세기 독일의 레싱과 러시아의 크릴로프 등 유명 작가들이 우화를 발전시켜 왔다. 20세기 작가 조지 오웰의 『동물 농장』에서 나타난 정치 풍자와 사회를 깨우쳐야 한다는 포효는 우화가 진화한 결정판이라고 할 수 있겠다. 국내 창작 만화 〈아기공룡 둘리〉의 인기 캐릭터 '둘리'의 탄생 비화에서도 우화의 이러한 역할을 잘 확인할 수 있다. 작품의 주인공으로 어른들의 어리석음을 꼬집고 세상의 편견을 깨는 어린아이를 등장시키고 싶었던 작가의 바람은 당시 심의 기준이나 사회적 거부감 때문에 실현하기 어려웠다. 이런 바람을 반영한 등장인물로 동물을 생각하게 되었고 결국 '공룡'인 둘리가 탄생하게 된 것이다.

우화가 사회 풍자의 방법으로 끊임없이 사랑받았다고는 하나 『이솝 우화』는 무려 2,500년 전에 지어진 이야기이다. 이렇게 케케묵은 이야기가 현대까지 많은 사상가와 문학가, 교육자와 경영자들에게 영향을 끼치고 이들이 곁에 두고 탐구하는 이유는 무엇일까? 스스로 운명을 개척했던 현자였으며 훌륭한 조언자이자 리더였고 많은 이들의 따뜻하고 유쾌한 친구였던 이솝……. 2,500년 전 그가 들려주었던 우화 속에는 과거는 물론 현대인에게도 반드시 필요한 값지고 빛나는 지혜가 가득 담겨 있다. 이솝의 이야기에는 우리를 위한 처세술과 리더십 그리고 행복을 위한 '힐링'의 메시지가 그득하다.

삶과 사람을 향하는 처세의 지혜

세상을 살다 보면 의지와는 상관없이 어려움에 처하게 될 경우가 있다. 이런 위기를 어떻게 넘겨야만 할까? 원하는 것을 얻고 싶은데 어려울 때는 어떻게 해야 할까? 우리는 어려운 선택을 해야만 하는 경우도 있는데 과연 어떤 선택이 옳은 것일까? 우리는 삶과 사람을 이해하고 어려움을 극복하거나 후회 없는 선택을 하길 원한다. 과거의 경험에 의존하고 조언을 구하기도 하며 책을 찾아보기도 할 것이다. 이솝의 우화는 사람들이 자주 하는 실수, 착각과 오판 그리고 편견을 보여 준다. 그리고 우리는 그 속에서 위기 상황에 대한 대처 방법과 해법 그리고 인간관계에 대한 여러 지혜를 확인할 수 있다.

예를 들어 「여우와 포도」에서는 포도를 따지 못하자 그것이 신 포도일 것이라고 변명을 하며 자기 합리화하는 여우가 등장한다. 이솝은 자신의 실패를 남의 탓으로 돌리지 말라고 충고한다. 「황금알을 낳는 거위」는 무리한 욕심으로 가진 것을 모두 잃게 되는 부부의 이야기다. 이 이야기는 더 큰 것을 얻으려다가 이미 가지고 있는 것조차 잃을 수 있음을 보여 주며 인간의 무한한 욕심에 대한 경종을 울린다. 「여우와 염소」의 여우는 뒷일을 생각하지 않고 갈증을 해소하겠다는 일념 하나로 깊은 우물에 뛰어들고 만다. 이솝은 이 어리석은 여우를 통해 우리에게 어떤 행동이나 일을 벌이기 전에 그것을 감당할 수 있을지 먼저 생각한 뒤 시작하라고 조언한다.

「농부와 여우」의 농부는 자신에게 피해를 입힌 여우에게 복수하기 위해 꼬리에 불을 붙인다. 하지만 그 여우가 그대로 자신의 옥수수밭으로 달려가는 바람에 밭이 전부 불타고 만다. 이 이야기를 통해 이솝은 복수가 가진 양날의 검과 같은 본성을 깨우쳐 준다. 그리고 복수를 하면 자신에게 그 화가 되돌아오기 마련이라고 충고한다. 「두 마리의 개구리」에서는 자기가 사는 곳이 익숙하고 편하다며 더 안전한 곳으로 이사 가기를 꺼리다가 결국 마차에 깔려 죽는 개구리가 등장한다. 이는 세상의 흐름에 맞춰 변화하지 않고 움츠러드는 사람들을 위한 경고이다.

>>>

동물들만 어리석은 것이 아니다. 위의 행동들은 인간이 매우 자주 저지르는 실수다. 이솝은 이런 인간의 어리석음을 동물에게 투영하여 사람들을 일깨우고 이런 경우가 발생했을 때 '나는 이러지 말아야지.'라는 다짐을 하게 만든다.

현명한 리더십을 발휘하는 방법

이솝의 이야기에는 사람들과 더불어 살아가고 지혜롭게 행동하는 방법뿐 아니라 리더십에 관한 수많은 교훈과 해학이 숨어 있다. 좋은 리더십이란 무엇인가? 사람과 조직을 다루고 관리하며 성공을 향해 나아가는 법, 갈등과 문제에 대한 효과적인 해결 방법은 무엇일까? 『이솝 우화』에는 리더십을 갖추기 위해 간과하지 말아야 할 부분과 지녀야 할 덕목에 관한 이야기가 빼곡하다.

「생쥐들의 회의」는 유명한 우화이다. 현명한 늙은 쥐는 대체 누가 고양이의 목에 방울을 달 것이냐고 묻는다. 가장 본질적인 문제를 놓치지 않는 것, 일의 중요성을 따지기보다는 실행 가능성을 판단하는 능력을 갖추는 것이야말로 훌륭한 리더의 자질이 아닐까? 「군인과 말」은 전쟁이 끝났다고 군마를 홀대하여 다음 전쟁이 일어났을 때 출정할 수 없게 된 장군의 이야기다. 군마의 마지막 말은 우리의 허를 찌른다.

“주인님께서 이번에는 전쟁터까지 걸어가셔야 되겠군요. 힘든 일을 많이 시키신 데다 제대로 먹지도 못해서 저는 나귀처럼 되었습니다. 아시다시피 단번에 말로 되돌아가는 건 불가능하구요.”(본문 p.211)

쓸모없어졌다고 버리거나 홀대하고 귀히 여기지 않는 것은 사람들의 흔한 실수다. 「독수리와 수탉들」에서는 지도자로 선출된 수탉이 지붕에서 지위를 뽐내다가 독수리에게 잡혀가고 만다. 이솝은 성공하더라도 끝까지 겸손하며 자신의 위치를 지켜야 한다고 가르치고 있다. 성공을 하면 더 많은 위험에 노출되기 때문에 매사에 주의를 기울여야 하는 것이다.

이솝은 좋은 인재상에 대해서도 이야기한다. 「나귀와 구매자」에 등장하는 구매자는 좋은 나귀인지 나쁜 나귀인지 알아보기 위해 나귀가 어떤 동물과 어울리는지를 지켜본다. 주변을 보면 그 사람을 알 수 있다. 사람을 평가할 때 그가 어떤 것을 좋아하는지, 주위 환경은 어떤지 살피면 판단이 조금 더 쉬울 것이다. 이솝이 전하는 인재를 알아보는 법은 이렇게나 명쾌하다. 이렇듯 우리는 짧은 우화를 읽으며 이솝이 전하는 조언 속에서 해답의 실마리를 발견하게 될 것이다. 그리고 무엇에 기초를 두고 판단해야 할지 기준을 세울 수 있을 것이다.

»»

위로와 행복을 향한 '힐링'의 지혜

모든 사람은 행복해지고 싶어 한다. '행복'은 그 무엇도 대신할 수 없는 소중한 가치이다. 동서고금을 막론하고 수많은 현인들은 어떻게 하면 마음의 평온을 얻고 행복할 수 있는지 가르쳐 왔다. 『이솝 우화』에 드러나는 행복의 지혜……. 당신은 그 반짝이는 보물을 찾을 수 있을까? 이솝은 우리에게 위로와 위안을 주고 행복해지는 법을 가르쳐 준다. 그 속에서 우리는 '힐링'을 얻는다.

「산토끼와 개구리」의 산토끼들을 보자. 그들은 자신의 삶이 불행하다고 생각해 함께 죽기로 결심한다. 하지만 자신보다 더 큰 두려움과 불안감을 안고 사는 개구리들을 보며 마음을 접는다. 더 낮은 곳을 살펴보면 지금의 나에 감사할 수 있고 행복해질 수 있다. 이솝은 나보다 덜 가진 사람, 더 아프고 힘든 이들을 보라고 충고한다. 그럼으로써 우리는 희망과 용기를 얻고 감사하는 마음을 지니게 될 것이다. 「여행자들과 플라타너스」에 등장하는 여행자들이 나무 그늘에서 편안히 쉬면서 플라타너스가 쓸모없는 나무라고 불평을 하자 플라타너스는 이렇게 꾸짖는다.

"고마운 줄도 모르는 사람 같으니라고! 이런 뙤약볕을 피해 시원한 그늘에서 쉬고 있으면서 나를 쓸모없는 나무라고 욕을 하다니!"
(본문 p.170)

이솝은 행복을 주는 작은 것에 대해 소중하고 감사한 마음을 가져야 한다고 말한다.

「천문학자」는 그리스 천문학자 탈레스의 이야기라고 알려져 있다. 하늘을 바라보다 땅에 있는 위험을 미처 발견하지 못하고 우물에 빠진 천문학자를 보며 지나던 행인은 이렇게 말한다.

"저 위의 하늘만 쳐다보느라 자신이 서 있는 땅 위에서 이런 실수를 하게 된 것이라면, 어쩐지 자업자득인 것 같군요."(본문 p.256)

이솝은 거창한 것이나 먼 곳에서 행복을 찾는 사람들에게 이렇게 제안한다. 우리가 디디고 있는 이 땅에서 무언가를 찾아보자고, 그러면 우리 앞에 다가올 곤경에 쉽게 빠지지는 않을 것이라고 말이다.

「나귀와 주인들」에서는 현재의 주인에 대해 불만을 품고 주인을 바꾸어 달라고 신에게 요구하는 나귀가 등장한다. 하지만 바뀐 주인은 언제나 이전 주인보다 더 악하다. 이솝은 지금의 현실을 불행하다고 느끼는 사람들에게, 어느 곳에나 마음에 차지 않는 것은 있기 마련이라고 충고한다. 그리고 현재의 어려움과 불만을 스스로 극복하고 만족하며 감사하라고 전한다. 그러면 더 불행해지는 일이 없고 행복할 수 있을 것이라고 말이다. 이것은 이솝이 전하는 행복을 찾는 수많은 방법 중에 하나다.

『이솝 우화』가 현대인에게 전하는 메시지

이솝은 현대를 살아가는 우리에게 처세, 리더십, 행복의 지혜 외에도 많은 삶의 지혜를 알려 준다. 「사자와 여우와 나귀」의 세 동물이 사냥으로 얻은 고기를 나누는 과정에서 여우가 발휘한 기지는 유명한 일화이다. '최대의 몫.' 또는 '사자의 몫.(Lion's share.)'이란 경제 용어가 이 우화에서 유래했으며, 최근 사회적 상황과 맞물려 흔히 쓰이고 있다. 「아버지와 아들들」의 '뭉치면 강하다.(Union is strength.)' 또는 '뭉치면 살고 흩어지면 죽는다.'와 같은 격언이나 「헤라클레스와 마부」에서 유래한 '하늘은 스스로 돕는 자를 돕는다.(Heaven helps those who help themselves.)' 또한 잘 알려진 삶의 지혜다.

이솝의 우화가 시대와 지역을 넘어 널리 알려진 반면, 이솝이라는 인물은 여러 이유에서 자못 전설적인 느낌이 강한 작가이다. 이솝에 관한 기록 중 놀라운 것은 이솝의 외모가 동물처럼 흉측스러웠다고 전해진다는 사실이다. 검은 피부에 두꺼운 입술과 납작코에 곱사등이, 배불뚝이에 안짱다리, 심지어 말까지 더듬었던 사람이었다고 한다. 하지만 그가 남긴 우화를 읽으면 그가 얼마나 지혜롭고 현명한 사람이었는지, 그리고 얼마나 재치 있고 위트 넘치는 사람이었는지 충분히 짐작할 수 있다. 동시에 동물과 사람, 세상에 대한 관심과 애정이 많았던 따뜻한 사람이었다는 것을 알 수 있다.

자신의 낮은 계급과 추한 외모를 극복하고 멋지고 당당하게 세상을 살아가며 많은 사람들에게 지혜와 재미를 선사해 주었던 이솝. 그의 우화는 인간의 내면을 더 깊이 이해할 수 있는, 그리고 위기와 위험을 극복할 수 있는 지혜를 알려 준다. 독자들이 『이솝 우화』를 통해 '아하!' 하고 고개를 끄덕이며 많은 것을 깨닫기를 바란다. 그리고 이 책을 읽기 전보다 조금 더 성장하고 행복한 우리가 되기를 기도한다.

– 옮긴이 민예령

찾아보기

ㄱ

갈까마귀와 비둘기들 • 89

강과 바다 • 262

개구리와 우물 • 180

개들과 생가죽 • 256

개들과 여우 • 240

개미 • 183

개와 늑대 • 156

개와 물그림자 • 252

개와 수탉과 여우 • 52

개와 암퇘지 • 6

개와 요리사 • 259

거북이와 독수리 • 42

검둥이 • 77

게와 어미 게 • 67

게와 여우 • 252

고양이와 새 • 18

고양이와 생쥐들 • 12

고양이와 수탉 • 126

곰과 여우 • 49

곰과 여행자들 • 120

공작새와 학 • 248

공작새와 헤라 • 111

광대와 촌사람 • 140

구두쇠 • 218

군대와 방앗간 주인 • 16

군인과 말 • 211

궁수와 사자 • 142

까마귀와 갈까마귀 • 231

까마귀와 물그릇 • 30

까마귀와 백조 • 122

까마귀와 뱀 • 254

꼬리 없는 여우 • 100

꾀가 많은 사자 • 84

꾀꼬리와 매 • 73

꾀꼬리와 제비 • 47

ㄴ

나귀와 개 • 7

나귀와 구매자 • 68

나귀와 그림자 • 85

나귀와 노새 • 149

나귀와 늑대 • 101

나귀와 늙은 농부 • 249

나귀와 마부 • 217

나귀와 수탉과 사자 • 17

나귀와 애완견 • 121

나귀와 여우와 사자 • 31

나귀와 주인들 • 80

나귀와 짐 • 65

나무와 도끼 • 175
난파당한 사람과 바다 • 108
남매 • 136
남자와 두 연인 • 225
노동자와 뱀 • 219
노새 • 91
노예와 사자 • 46
노파와 포도주 병 • 50
농부와 그의 개들 • 172
농부와 나귀와 황소 • 197
농부와 늑대 • 209
농부와 독사 • 15
농부와 사과나무 • 90
농부와 아들과 당까마귀 • 182
농부와 아들들 • 69
농부와 여우 • 208
농부와 행운의 여신 • 76
농부와 황새 • 251
늑대를 추격하는 개 • 247
늑대에게 쫓기던 어린양 • 213
늑대와 개들 • 116
늑대와 그림자 • 210
늑대와 말 • 206
늑대와 목동 • 145
늑대와 사자 • 45
늑대와 소년 • 154
늑대와 양 • 187
늑대와 양들과 숫양 • 144
늑대와 어린양 • 21
늑대와 어머니와 아이 • 125
늑대와 여우와 원숭이 • 70
늑대와 염소 • 173
늑대와 왜가리 • 138
늙은 사냥개 • 134
늙은 사자 • 81
늙은이와 죽음 • 234

ㄷ

다랑어와 돌고래 • 155
달과 달의 어머니 • 32
대머리 사냥꾼 • 143
대머리와 파리 • 152
대장장이와 개 • 159
데마데스와 우화 • 205
도둑과 여인숙 주인 • 176
도둑들과 수탉 • 258
도망친 갈까마귀 • 201
도망친 노예 • 132
도시 쥐와 시골 쥐 • 244
독사와 독수리 • 83
독사와 줄 • 83
독수리와 갈까마귀와 목자 • 171

독수리와 고양이와 암멧돼지 • 162
독수리와 딱정벌레 • 200
독수리와 수탉들 • 215
독수리와 여우 • 34
독수리와 포획자 • 103
독수리와 화살 • 240
돌고래와 고래와 잔챙이 청어 • 32
돌팔이 의사 • 150
돼지와 양 • 195
두 개의 주머니 • 179
두 개의 항아리 • 163
두 마리의 개구리 • 27
두 병사와 강도 • 114

ㄹ

램프 • 75

ㅁ

마녀 • 237
말과 나귀 • 268
말과 마부 • 15
말과 수사슴 • 227
말벌과 뱀 • 105
말썽꾸러기 개 • 13
말에 탄 사람 • 143
매와 솔개와 비둘기들 • 148
맹인과 새끼 이리 • 53
멧돼지와 여우 • 96
모기와 사자 • 212
모기와 황소 • 102
목동과 늑대 • 191
목상 장수 • 124
목욕하는 소년 • 77
목자와 잃어버린 황소 • 241
몸이 부푼 여우 • 82

ㅂ

박쥐와 가시나무와 갈매기 • 202
박쥐와 족제비 • 20
방앗간 주인과 아들과 나귀 • 168
방탕아와 제비 • 18
배와 다른 신체 부위들 • 153
백조 • 267
뱀과 제우스 • 230
벌과 제우스 • 58
베짱이와 개미 • 264
베짱이와 부엉이 • 263
벼룩과 인간 • 86

벼룩과 황소 • 60
병든 수사슴 • 230
부엉이와 새들 • 238
부인과 농부 • 236
부자와 가죽공 • 132
북풍과 태양 • 229

ㅅ

사기꾼 • 226
사냥개와 산토끼 • 250
사냥개와 여우 • 144
사냥꾼과 나무꾼 • 72
사냥꾼과 말을 탄 남자 • 260
사람과 말과 황소와 개 • 109
사람과 사자 • 98
사랑에 빠진 사자 • 198
사악한 남자와 신탁 • 74
사자 가죽을 쓴 나귀 • 79
사자를 모시던 여우 • 148
사자와 곰과 여우 • 250
사자와 나귀 • 141
사자와 늑대와 여우 • 224
사자와 멧돼지 • 97
사자와 산토끼 • 177
사자와 생쥐 • 199
사자와 생쥐와 여우 • 137
사자와 세 마리 황소 • 165
사자와 야생 나귀 • 123
사자와 여우와 나귀 • 221
사자와 여우와 수사슴 • 232
사자와 제우스와 코끼리 • 192
사자와 황소 • 178
사자의 왕국 • 174
산토끼와 개구리 • 37
산토끼와 사냥개 • 88
삽을 잃어버린 사내 • 128
새 사냥꾼 그리고 자고새와 수탉 • 261
새 사냥꾼과 종달새 • 203
새끼 사슴과 그의 어머니 • 102
새끼 염소와 늑대 • 24
새와 짐승과 박쥐 • 223
새장 속의 새와 박쥐 • 265
생쥐들의 회의 • 14
생쥐와 개구리와 솔개 • 9
생쥐와 족제비들 • 110
생쥐와 황소 • 186
석류와 사과나무와 찔레 덤불 • 56
선과 악 • 36
세 장사꾼 • 118
소년과 개구리들 • 43
소년과 개암 열매 • 93
소년과 달팽이 • 53
소년과 쐐기풀 • 72
소와 백정들 • 94
수사슴과 사자 • 248

수사슴과 포도 넝쿨 • 257
수탉과 보석 • 10
숯꾼과 직공 • 6
슬픔의 신과 그의 특권 • 246

ㅇ

아버지와 딸들 • 184
아버지와 아들들 • 78
아테네 사람과 테베 사람 • 8
아프로디테와 고양이 • 133
암사자와 암여우 • 243
암염소와 턱수염 • 49
앵무새와 고양이 • 216
양가죽을 쓴 늑대 • 43
양과 개 • 130
양과 늑대와 수사슴 • 106
양봉가 • 29
양치기 소년과 늑대 • 55
어린 암소와 황소 • 220
어부와 잔챙이 청어 • 63
여물통 속의 개 • 62
여우들과 강 • 194
여우와 가시나무 • 247
여우와 고슴도치 • 235
여우와 까마귀 • 160
여우와 뱀 • 262
여우와 베짱이 • 157
여우와 사자 • 117
여우와 염소 • 64
여우와 원숭이 • 44
여우와 포도 • 5
여우와 표범 • 266
여우와 황새 • 99
여주인과 하녀들 • 33
여행자들과 플라타너스 • 170
여행자와 개 • 63
여행자와 행운 • 70
연못가의 수사슴 • 107
염소 몰이와 염소 • 188
염소와 포도 넝쿨 • 41
염소지기와 야생 염소 • 222
예언자 • 61
올리브 나무와 무화과나무 • 131
왕을 바라는 개구리들 • 92
왕이 된 원숭이 • 22
외눈박이 수사슴 • 151
외양간에 들어온 수사슴 • 38
우유 짜는 소녀와 들통 • 40
원숭이들과 두 여행자 • 54
원숭이와 낙타 • 208
원숭이와 돌고래 • 196
의사 • 214
의사가 된 구두 수선공 • 127
인간과 목상 • 113
인간과 사티로스 • 104

ㅈ
자고새와 새 사냥꾼 • 122
장미와 아마란스 • 266
전나무와 가시나무 • 51
정원사와 그의 개 • 193
제비와 까마귀 • 23
제우스와 거북이 • 59
제우스와 원숭이 • 75
조각상을 운반한 나귀 • 190
족제비와 인간 • 204
종달새와 농부 • 135
지붕 위의 새끼 염소 • 96
집 나귀와 야생 나귀 • 95
집 나귀와 야생 나귀와 사자 • 185

ㅊ
참나무와 갈대 • 56
채권자와 암퇘지 • 242
천문학자 • 256

ㅌ
태양을 향한 개구리의 불평 • 50
토끼와 거북이 • 39

ㅍ
파리와 짐수레 노새 • 167
포로로 잡힌 나팔수 • 254
푸줏간 주인과 손님들 • 35
프로메테우스와 인간 창조 • 67
피리 부는 어부 • 146

ㅎ
할머니와 의사 • 28
허영심 강한 갈까마귀 • 119
허풍쟁이 여행자 • 66
헤라클레스와 마부 • 129
헤라클레스와 아테나 • 158
헤라클레스와 플루토스 • 255
헤르메스와 개미에게 물린 사람 • 115
헤르메스와 나무꾼 • 26
헤르메스와 상인 • 106
헤르메스와 조각가 • 166
호두나무 • 45
환자와 의사 • 164
황금알을 낳는 거위 • 10
황소와 개구리 • 122
황소와 굴대 • 179
황소와 송아지 • 172

클래식 보물창고 The Classic Treasury

1 이상한 나라의 앨리스 루이스 캐럴
2 키다리 아저씨 진 웹스터
3 보물섬 로버트 루이스 스티븐슨
4 노인과 바다 어니스트 헤밍웨이
5 하늘과 바람과 별과 시 윤동주
6 봄봄 동백꽃 김유정
7 거울 나라의 앨리스 루이스 캐럴
8 변신 프란츠 카프카
9 오즈의 마법사 L. 프랭크 바움
10 위대한 개츠비 F. 스콧 피츠제럴드
11 오 헨리 단편선 오 헨리
12 셜록 홈즈 걸작선 아서 코난 도일
13 소공자 프랜시스 호즈슨 버넷
14 왕자와 거지 마크 트웨인
15 데미안 헤르만 헤세
16 말괄량이와 철학자들 F. 스콧 피츠제럴드
17 벤자민 버튼의 시간은 거꾸로 간다 F. 스콧 피츠제럴드
18 이방인 알베르 카뮈
19 크리스마스 캐럴 찰스 디킨스
20 이솝 우화 이 솝

이솝 고대 그리스의 우화 작가로 그리스 어 이름은 '아이소포스'다. 헤로도토스의 저서 『역사』에 따르면 기원전 6세기경 사모스 인 이아도몬의 노예였으나 공로를 인정받아 해방되었다고 한다. 이후 우화 이야기꾼으로 명성을 얻어 리디아 왕국 크로이소스 왕의 곁에서 재상까지 지냈다는 기록이 남아 있다. 이솝에 관한 수많은 추측과 기록이 있지만 실존했던 인물인지 여부는 불분명하다.

민예령 1984년 대전에서 태어나 중학교 때 캐나다로 건너갔으며, 브리티시 컬럼비아대학교 영문학과를 졸업했다. 한국문학번역원의 번역가 과정을 거치며 문학 번역을 시작했다. 옮긴 책으로 『나는 자유다』, 『보물섬』, 『노인과 바다』, 『셜록 홈즈 걸작선』, 『위대한 개츠비』, 『이솝 우화』 등이 있다.